이 노래
듣다가

네 생각이 나서

이 도서의 국립중앙도서관 출판예정도서목록(CIP)은 서지정보유통지원시스템 홈페이지(http://seoji.nl.go.kr)와
국가자료공동목록시스템(http://www.nl.go.kr/kolisnet)에서 이용하실 수 있습니다.(CIP제어번호: CIP2016012332)

이 노래 듣다가 네 생각이 나서

초판 발행 2016년 5월 31일

지은이 천효진

책임편집 주열매
마케팅 신용천 · 송문주
디자인 공존

펴낸이 추미경
펴낸곳 베프북스
주소 경기도 고양시 덕양구 화중로 130번길 48, 6층 603-2호
전화 031-968-9556
팩스 031-968-9557
전자우편 befbooks75@naver.com
출판등록 제2014-000296호
ISBN 979-11-86834-17-6 03810

천효진 지음

ON AIR

이 노래 듣다가 네 생각이 나서

서른을 맞이한 / 라디오 피디가 건네는 /
추억의 노래, / 그리고 /
따뜻한 위로 /

베프북스
Best Friend Books

〈이 노래 듣다가 네 생각이 나서〉를 소개합니다

이 책에는 65편의 노래 가사가 가슴 따뜻한 에세이와 함께 실려 있습니다.

가사를 읽고 에세이를 감상하는 것만으로도 충분한 감동을 느끼실 수 있지만 중간 중간 삽입된 큐알코드를 통해 관련 영상을 감상하고, 때론 아름다운 가사를 오른쪽 페이지에 마련된 여백에 직접 따라 써보세요. 읽고, 듣고, 쓰고 느낄 수 있는 당신만의 힐링 타임을 가질 수 있을 거예요.

• 가사 옆에 있는 큐알코드를 큐알코드 리더기로 찍으면 해당 노래의 뮤직비디오나 관련 영상을 볼 수 있는 사이트로 연결됩니다.

• 아름다운 노래 가사를 직접 써볼 수 있는 필사 공간을 수록해 놓았습니다. 노래도 감상하고 노랫말을 손수 쓰다보면 책의 감동이 배가 됩니다.

추
/
천
/
사

'빰빠라빠 빠라빠람~~도대체 무슨 말을 하고 있는 건지 난 알아들을 수가 없어~~'

나에게도 잊을 수 없는 노래가 있다. 내 첫 뮤직비디오 데뷔와 함께 연기자로의 길을 열어준 노래, 신승훈 님의 〈내 방식대로의 사랑〉. 내 인생의 중요했던 순간에 화려한 BGM으로 깔렸다. 이 책을 통해 많은 이들이 자기만의 인생 노래를 다시 불러보는 기회를 갖길 바라본다.

— 명세빈(배우, EBS FM 〈시콘서트〉 DJ)

우리는 종종 말을 감추고, 아끼고, 숨긴다. 거칠고 천하고 거짓된 말의 세계로부터 스스로를 지키고자 하는 본능. 그래서 인생에서 진정으로 소중한 모든 것들은 언제나 말의 뒤편에 선다. 대신 우린 노래를 한다. 이때 노래는 시간에 스스로 꽂아두는 깃발이며, 그 시간 속에서 우리가 대체 무엇이었는지를 확인하는 알리바이가 된다. 그리하여 노래를 부를 때마다 나는, 모든 시간 속에 존재하는 '나'다. 살아있기에 노래할 수 있고, 노래하는 동안 우리는 분명히 살아있다. 존재의 가장 선명한 단서. 천효진은 '너'를 노래처럼 부른다. 그리고는 말의 뒤편, 그리고 말의 심연, 어쩌면 말보다 먼저 시작되는 노래에 관한 이야기를 꺼내 놓는다.

— 김성신(출판평론가)

음악을 좋아하는 사람이라면 누구나 가지고 있을 법한 진솔한 이야기. 내가 누군가의 노래가 되고, 누군가 나의 노래가 되던 시절의 추억과 사랑이 떠오르는 책.

— 애즈원(가수, tbs eFM 〈K-Popular with As One〉 DJ)

사색을 좋아하고, 감상을 좋아하던 신입 피디가 선보이는 때론 발랄하고, 때론 심쿵한 생각저장소의 대공개!

— 정우종(tbs FM 〈배칠수 · 전영미의 9595쇼〉 PD)

프 / 롤 / 로 / 그

나에게만 일어나는 일은 없었습니다.
오늘도 사람들은 그저 말하지 않은 채 살아갑니다.
화장과 분장을 하고 연기하는 몇 시간짜리 TV 속 주인공의 인생이 아닌
하루 24시간을 오롯이 살아가는 사람들의 실제 이야기.
그 사람들의 '진심'을 음악으로 듣고 싶었습니다.
페이지를 넘기시다가 조용히 얼굴에 미소가 일면
그것만으로도 감사한 마음입니다.

차 례

Part 3

수고했어 오늘도

Part 1

이 노래 듣다가 네 생각이 나서

언제나 생각의 결론은 한결같은 그 진리
그대가 나의 눈물인 이유
가끔은 젊음이 아름답다고 느껴질 때가 있다
사람이 꽃보다 아름답다고 느껴질 때는 더 많다
특히 이 사람은

나에게 당신은

장혜진, 〈1994년 늦은 밤〉

오늘 밤 그대에게 말로 할 수가 없어서
이런 마음을 종이 위에 글로 쓴 걸 용서해.
한참을 그대에게 겁이 날 만큼 미쳤었지.
그런 내 모습 이제는 후회할지 몰라.
하지만 그대여 다른 건 다 잊어도
이것만은 기억했으면 좋겠어.
내가 그대를 얼마큼 사랑하고 있는지를…
사랑하는지를…

외로이 텅 빈 방에 나만 홀로 남았을 때
그제야 나는 그대 없음을 알게 될지 몰라.
하지만 그대여 다른 건 다 잊어도
이것만은 기억했으면 좋겠어.
내가 그대를 얼마큼 사랑하고 있는지를…
사랑하는지를…
그대, 이제는 안녕…

그제야 나는 그대 없음을 알게 될지 몰라,
하지만 그대여 다른 건 다 잊어도
이것만은 기억했으면 좋겠어,
내가 그대를 얼마큼 사랑하고 있는지를…
사랑하는지를…

어제 '나는 가수다'에서 자우림이 부른 노래.
아무도 없는 텅 빈 방 안에서 들어서 그런지.
김윤아의 눈물이 내게 전달된 건지.
가사와 음률 특유의 절절함이 느껴진 건지.

내가 그대를 얼마나 사랑하고 있는지를…

나를 울린 가사.
그것도 가벼운 눈물이 아닌,
꺼이꺼이.

사랑…
그래.

그대의 사랑이 생각나며

그리고
그대를 향한 내 사랑이 생각나면서

내가
그대를
얼마큼
얼마나
사랑하고 있는지…

넓은
따뜻한
자상한
편안한
정직한
늠름한

행복한
성실한
매너 좋은
부드러운
경청하는
위로하는
배려심 깊은
이해심 많은
최선을 다하는
그리고
한결같은.

맑은 미소
기쁜 선물
행복한 마음
느낌 좋은 웃음

오빠가 미안해.
오빠가 고마워.
오빠가 항상 질게.
만약에 다툼이 생기면 그때 오빠한테 이렇게 말해.
'오빠 그때 항상 진다고 했잖아', 이렇게.
꼭! 알았지?

언제나 생각의 결론은 한결같은 그 진리.
그대가 나의 눈물인 이유.

가끔은 젊음이 아름답다고 느껴질 때가 있다.
사람이 꽃보다 아름답다고 느껴질 때는 더 많다.

특히 이 사람은.

데이트

D.EAR, 〈You make me feel good〉

You make me feel good. baby, you know why?
글쎄 그건 참 어려운걸
you make me feel good. baby, you know why?
한마디론 다 못하지만

짜증날 때 우울할 때 그럴 때 마다 참 신기해 make me forget

You make me feel so good 곁에 있는 것만으로도
So wanna be with you like everyday
곁에 있는 것만으로도 It's perfect for me

그저 이대로 있으면 더 바랄 게 없을 것 같은데

You make me feel so good 곁에 있는 것만으로도
So wanna be with you like everyday
곁에 있는 것만으로도 It's perfect for me

상쾌한
기분 좋은 바람
이 노래를 들으며 그와 데이트하는 날.
운전하는 그에게 빵을 집어 입에 넣어줬는데
빵을 받아먹다가 문득 그가 뱉은 한 마디.
"이쁘네."
"뭐가?"
"너 예쁘다고."
"응."
운전대 잡은 그가 피식 웃는 날 돌아보며
"반응이 하~ 참, 짜식 뭘 또 라는 표정이네."
훗.
날씨 좋고
노래 좋고
사람은 더 좋고
좋다~!

우리 싸움은

 아이유(with 2AM 임슬옹),
〈잔소리〉

늦게 다니지 좀 마.
술은 멀리 좀 해봐.
열 살짜리 애처럼 말을 안 듣니.

정말 웃음만 나와.
누가 누굴 보고 아이라 하는지
정말 웃음만 나와.

싫은 얘기 하게 되는 내 맘을 몰라.
좋은 얘기만 나누고 싶은 내 맘을 몰라.
그만할까?

그만하자!

밥은 제때 먹는지 여잔 멀리 하는지
온 종일을 네 옆에 있고 싶은데.

내가 그 맘인 거야.
주머니 속에 널 넣고 다니면
정말 행복할 텐데.

둘이 아니면 안 되는 우리 이야기.
누가 듣는다면 놀려대고 웃을 이야기.
그만할까?

그만하자!

하나부터 열까지 다 널 위한 소리.
내 말 듣지 않는 너에게는 뻔한 잔소리.

그만하자, 그만하자.
사랑하기만 해도 시간 없는데.

머리 아닌 가슴으로 하는 이야기.
니가 싫다 해도 안 할 수가 없는 이야기.

그만하자, 그만하자.
너의 잔소리만 들려.

나는 지금 굉장히 화가 났어
정말 이번에는 그냥 넘어갈 수 없어
어떻게 사랑한다면서 그렇게 말할 수 있지?
네가 아무리 내가 네게 소중하다고 말을 해도
나는 네가 말한 말과 행동 태도를 생각하면 화가 나
너 스스로를 알아
너는 그렇게 완벽하니
내 말투가 어떻다고
내 말투가 느린 것을 가지고 빨리 말하라고 해?
그럴 때 나는 네 사랑이 변했다고 느껴
그리고 너는 그 일 나랑 결혼하려고 공부 접고 시작했는데
왜 내가 너한테 관심을 안 주느냐고?
너 보상심리 있니? 그 일 하면서 너도 배운다고 너도 그랬잖아
나 때문에 하는 일이니까 일이 힘들면 투덜거려도 되는 거니?
내가 너한테 관심이 없다고? 있어
네 기준에 안 찬다고 단정 짓지 마
그러면 네가 원하는 관심이 뭔데?
뭐? 따뜻한 말 한마디?
그걸 바라는 네가 나를 말투로 기죽이니?

분노의 카톡을 본 그에게서 걸려온 전화.

"아이고, 우리 공주, 손 아프겠다. 말로 해 말로"
.

.

.

진짜… 말이 안 통해, 말이.

나도 그랬어

청춘학개론, 〈설레임〉

설레임, 두근거림의 말 그대와 손잡고
이 우산 속에서 느낀 그 떨림 아직 기억해요.

설레임, 날 볼 때 그 눈빛 그대와 손잡고
그 우산 속에서 느낀 그대 눈빛을 생각해요.

오늘같이 비가 내리면 두 손으로 빗물을 받으며
우리 둘이 빗속을 걷다 처음 손잡은 그 떨림을 생각해요.

부끄럼에 빨개진 얼굴 그 얼굴이 두 눈엔 선해요.
두근거림이 그댈 떠올려 내 얼굴도 빨갛게 물이 들었네요.

비가 오는 날도 그대 덕분에 좋아할 수 있어.
비가 오는 날도 그대 덕분에 좋아지게 됐어.

오늘같이 비가 내리면 두 손으로 빗물을 받으며
우리 둘이 빗속을 걷다 처음 손잡은 그 떨림을 생각해요.
어느새 그댈 보며 웃고 있네요.

설레임, 두근거림의 말 그대와 손잡고
이 우산 속에서 느낀 그 떨림 아직 기억해요.
그 떨림 아직 기억해요.

오늘같이 비가 내리면
두 손으로 빗물을 받으며
우리 둘이 빗속을 걷던
처음 손잡은 그 떨림을 생각해요

그 날은 평소보다 조금 일찍 준비를 해서 나섰다. 회사에서 처리해야할 일이 많은 날이었기에. 그런데 지하철역을 다 못 가서 비가 내리기 시작했다. 다시 집으로 돌아가기에는 애매한 빗줄기. 나는 다시 돌아가지 않고 계속 걸었다. 그런데 빗줄기는 더 거세지기 시작했다.

"누나!"

낯익은 목소리가 들렸다.

"어? 안녕"

예전부터 알고 지내던 동네의 착한 동생. 늘 듬직하게 살아가는 남자아이. 교환학생을 다녀오고, 군대에 가고, 절기마다 안부 인사를 해주고, 내 생일마다 선물을 챙겨주는 한결같은 아이였다.

"왜 비를 맞고 다녀요. 이거 쓰세요."

"어? 너는?"

그러더니 그 아이는 가방에서 다른 우산 하나를 꺼내 줬다.

"저는 괜찮아요. 두 개 넣고 다녀요."

'…'

우산을 두 개를 챙겨서 다닌다? 그 아이의 성격상 만약에 대비해 주변 사람을 챙기려는 마음일 거다.

"정말 고마워…"

출근길, 치마에 국방 무늬 우산을 쓴 나를 사람들이 재밌게 쳐다봤지만 마음이 참 따뜻했다. 그런 감동을 줄줄 아는 그 아이가 새롭게 느껴졌다.

그 뒤로 나는 다시 나의 바쁜 일상을 살았다. 그리고 며칠 뒤 비가 많이 오던 어느 날, 퇴근길에 그 아이에게 메시지가 왔다.

누나. 우산 있어요? 비 오니까 생각이 나서요. 우산이 없을까봐…

'…?'

알던 사람인데 호기심이 생겼다. 이 아이는 어떤 사람일까? 이런 호의는 어디에서 나오는 것일까? 살짝 고민하다가 답했다.

와. 너 정말 대단하다. 우산이 없어서 어떻게 해야 하나 고민하고 있었어.

어디세요? 지하철이시면 제가 데리러 나갈게요.

호기심도 호기심이지만 그 아이의 마음을 예쁘게 잘 받아서 기쁘게 해주고 싶었다.
응. 도착하기 5분 전에 연락할게.

지하철에서 내리자마자 서둘러 주변을 살펴보니 비를 맞아서 모자를
털고 있는 한 여학생이 눈에 들어왔다. 나는 들고 있던 내 우산을 급
하게 건넸다.
"저… 이 우산 쓰세요."
"네?"
"아, 제가 우산이 또 있어서… 없으시면 이거 쓰세요."
"아하하. 감사합니다."
수줍게 웃으며 여학생은 내게 연거푸 인사를 했다.
'제가 고맙죠…'
계단을 오르며 올려다보니 그 아이가 우산을 쓰고 기다리고 있었다.
순간 다른 사람에게 우산을 주고 없다고 한 나의 발칙함이 신기하기
도 하고, 재밌었다.
'풉. 뭐지? 나 왜 이러지?'
이게 뭔지 시간이 좀 더 지나봐야 알 것 같다.

네가 더 예쁜 이유

더필름,
〈예뻐〉

예뻐 예뻐
예뻐 예뻐 예뻐 예뻐 예뻐
예뻐 예뻐
예뻐 예뻐 예뻐 예뻐 예뻐
예뻐 예뻐
예뻐 예뻐 예뻐 예뻐 예뻐
예뻐 예뻐 예뻐
예뻐 예뻐 예뻐 예뻐 예뻐
예뻐 예뻐
예뻐 예뻐 예뻐 예뻐 예뻐
예뻐 예뻐
예뻐 예뻐 예뻐 예뻐 예뻐
예뻐 예뻐 예뻐
예뻐 예뻐 예뻐 예뻐 예뻐
예뻐 예뻐 예뻐 예뻐
예뻐 예뻐 예뻐 예뻐 예뻐
예뻐 예뻐 예뻐 예뻐 예뻐 예뻐
예뻐 예뻐 예뻐 예뻐 예뻐 예뻐
예뻐 예뻐 예뻐 예뻐 예뻐 예뻐 (fade out)

오늘 너희 집에 아무도 없는 거 알아.
…
너는 같이 라면 먹자는 말도 안하니?
…
밤새 이렇게 안고 있었으면 좋겠다. 그치?
…

흔들렸지만,
다시 지키고픈 것들을 떠올리며 돌아선 내게
그대가 보낸 메시지

너, 참 예쁘다.

내 마음은 미소.
예쁘게 봐준 너도 예뻐.

네가 어디선가
이 글을 읽었으면 좋겠어

🎩 스트릿건즈,
〈꽃이 져서야 봄인 줄 알았네〉

서른이 많은 나이였던 시절
그 애의 눈망울이 그토록 예쁜지 그때는 알지 못 했네.

흐드러지게 핀 벚꽃향기가
아마도 밤하늘에 가득 떠갔을 그때를 그렇게 떠나보냈네.

서툴러 아름다운 가슴시린 순간들
내게도 있었는데 어리석게도

꽃이 져서야 봄인 줄 알았네.
숨이 멎고서야 삶을 알 텐가.

바다는 여전히 바다 술은 여전히 술이지만
내 곁엔 추억만이 남았네.

내리쬐던 청춘의 한낮 고왔던 사랑을 그곳에
남긴 채 그렇게 떠나 왔네.

서툴러 아름다운 가슴시린 순간들
내게도 있었는데 어리석게도

꽃 지고 나서야 봄인 줄 알았네.
꽃 지고 나서야 봄인 줄 알았네.

어릴 때 어떤 남자아이가 있었어. 어느 날, 그 아이가 내게 UP의 〈뿌요뿌요〉 테이프를 선물했어. 우리 아버지는 동네에서 가장 큰 전축을 가지고 계셨는데 나는 집에 돌아가 그 테이프를 냉큼 집어넣었어. 늘 '옛날 옛날에 어느 마을에~'로 시작되는 전래동화 테이프만 틀었었는데 살짝 신이 났어. 그런데 노래가 나오지 않고, 갑자기 '어…'하는 그 아이의 목소리가 들렸어.

'응?'

그 아이는 살짝 상기된 목소리로 말하기 시작했어.

"안녕. 나는 OO이야. 많이 놀랐지? UP는 내가 좋아하는 가수인데 이 노래를 들으면 네가 생각이 나서. 나는 너를… 좋아해. 있잖아 나는 네가 시키는 거 다 해줄 수 있어. 숙제도 해줄 수 있고, 뭐 잘못하면 선생님한테 내가 대신 혼나줄 수도 있어. 만약에 네가 횡단보도를 건너는데 트럭이 달려오면 내가 대신 뛰어들어서 죽어… 어… 그것까지는 잘 모르겠다. 헤헤. 어쨌든 나는 너를 좋아해. 뭘 바라는 건 아니고, 혹시 내가 이렇게 말해서 더 어색해지지 않았으면 좋겠어. 이거 노래 잘 들어. 좋아해! 나는 너를 사랑해!"

One two three four five six seven Hey
Baby listen 모습도 똑같던데
왜 넌 내게만 내게만 자꾸 도망갈까
너의 곁으로 갈 거야 널 내 여자로 만들 거야
아직은 망설이고 있지만 One two three four
언제라도 네게 잘 보이길 원했고
너의 눈에 눈과 마주치길 원했고
네 맘속에 꼭꼭 들려 노력했지만
오히려 너의 뒤통수만 보았어
너를 외면하는 나를 상상했었고
네가 아닌 다른 사람 그려봤었고
애써 너를 잊어보려 노력했지만
오히려 너의 인형인건 나인걸

야이야이 헤헤 헤이…
　　-UP, 〈뿌요뿌요〉

울그락 불그락.

그 전까지 멜로디만 흥얼거리던 노래였는데 가사 하나하나에 심장이
뛰었어. 노래 가사 하나하나가 그 아이의 마음을 말하는 듯해서 화끈
했어.
'사람이 이런 마음을 품을 수도 있구나…'
어린 나는 놀랐던 거 같아. 처음 받아보는 감정이 처음 보는 파동으로
내 마음을 일렁였어.

다음날, 그 아이가 교실로 들어서자마자 떨리는 눈으로 내 자리부터
쳐다보는 것을 느꼈어. 내내 고개를 숙이고, 피해 다니고, 모르는 척
했지. 싫은 게 아니고 어떻게 반응해야 하는지 몰랐거든. 나는 모르는
감정을 빨리 학습한 그 아이가 무지 어른 같고 거대하게 느껴지고, 그
대상이 나라는 게 놀랍고… 그러지 말아달라고 애타게 부탁했지만
나는 결국 어색해했지.

그런데 지금의 나는 그 때 그 아이가 참 좋아. 좋아하니까 좋아한다고
말할 수밖에 없는 거, 알아주는 것 말고는 원하지 않는 순수함. 그게
참 좋아. 참 감정이라는 게 소화할 수 있는 나이가 있나봐. 그래서 나
는 타이밍이 어긋나는 것도 썩 괜찮다는 생각이 들어. 그래서 더 소중
하거든. 초등학교 4학년 내 친구의 진심이 지금 빛을 바라는 것처럼.

언니라서 참았다

김인순,
〈언니의 일기〉

잠자는 언니의 머리맡에
쓰다만 일기장이 눈에 띄길래
무심코 한 줄을 읽어보고서
언니가 갑자기 가련해졌네.

언젠가 한 번 만난 그이에게
짝사랑하면서 애태우는데
사랑을 하면서 애태운다면
뭣 하러 사람들은 사랑을 할까.
하지만 나만은 자신이 있어.
누구도 내 마음 빼앗지 못해.

궁금해 또 한 장을 넘겨봤더니
그이가 보냈다는 메모 쪽지에
파랗게 내려쓴 낙서를 보고
언니가 갑자기 미워졌어요.

아가씨, 내 마음을 믿지 말아요.
그대를 사랑할 수 없다는 말에
잠자는 언니를 바라보다가
기나긴 이 한 밤을 꼬박 새우고
내일은 그이를 대신 만나서
언니의 사랑을 고백할 테야.

언젠가 한 번 만난 그이에게
짝사랑 하면서 애태우는데
사랑을 하면서 애태운다면
뭣하러 사람들은 사랑을 할까

하지만 나만은 자신이 있어
누구도 내 마음 빼앗지 못해
아무도 내 마음 빼앗지 못해

초등학교 6학년 때 좋아하던 남자애가 있었어요. 그 애도 저한테 관심을 보여서 저희끼리 편지를 주고받았어요. 그런데 그 남자애가 조금 튀는 부분이 있어서 소문이 났어요. 둘이 서로 좋아한다고. 그 소문이 같은 학교에 다니던 친언니에게도 들어갔고, 언니가 그걸 엄마, 아빠한테도 말한 거예요. 부모님은 의외로 쿨 하셨지만, 같은 방을 쓰던 언니가 유독 호기심을 보이더라고요. 그러거나 말거나.

그런데 어느 날 언니가 저한테 그러더라고요. 자기가 나를 생각하는 마음으로 그 남자애한테 편지를 썼으니 전달해달라고. 제가 무지 순진하거든요. 무슨 내용을 썼는지 확인하고 넘겨줘도 될 법한데 저는 곧이곧대로 듣고 그 남자애한테 제 편지 하나, 언니 편지 하나 그대로 다 줘버렸죠. 그런데 그 남자애가 학교 마치고, 청소시간에 다가오더니 저를 보고 재밌다는 듯이 웃으면서
"이따 집에 갈 때 안아줄게."
그러더라고요. 무슨 소리지? 얼굴이 벌게져서 눈도 못 마주쳤어요. 미안한데 오늘은 우리 동네 애들이랑 갈 거라고. 내일 보자고. 그렇게 쪽지를 적어 그 남자애한테 전달하고, 집으로 서둘러 갔어요.

언니가 오자마자 도대체 편지에 뭐라고 썼느냐고 물었더니,
"푸하하하. 야. 너 진짜 그 편지 줬어? 내가 너 일기 보니까 '걔랑 안으면 어떤 느낌일까?'라고 쓰여 있길래 걔한테 한 번 안아주라고 했다. 안아보고 싶어 한다고. 쪼끄만 것들이 말이야."
"..."
와, 진짜 그 순간 너무 황당하고, 화가 나서. 방에 있는 베개랑 인형들을 언니한테 막 던지면서 언니가 뭔데 남의 일기를 보느냐고. 왜 이런 식으로 창피를 주느냐고. 내가 어리다고 언니가 마음대로 이렇게 해도 되느냐고 대성통곡을 했어요.

처음에는 언니는 얘가 왜 이렇게 난리를 부리느냐는 태도였다가 시간이 지나니, 자기도 너무 쉽게 생각했었다 싶었는지 아무 말 않더라고요. 그 날 저녁에 가족들이 아무리 불러도 저녁도 안 먹고, 아빠와

엄마한테 언니가 핀잔을 듣는 것도 들었지만, 분이 풀리지 않았어요. 그래서 복수하기로 했습니다.

다음 날, 언니가 학교 마치고 돌아오기 전에 언니 책상 서랍 다이어 리를 꺼내서 처음부터 끝까지 샅샅이 읽었습니다. 그런데 놀라운 사실. 언니는 짝사랑 중이었습니다. 벌써 고백도 했고, 차였더라고요. 같이 중학교에 다니는 오빠한테요. 그리고 거기에는 제 이야기도 있었습니다. 사랑하는 동생, 그런데 가끔은 자기를 많이 무시하는 것 같아 속상하다고요. 자꾸 자기 옷이랑 액세서리를 가져가서 화가 난 다고요.

차였다는데 불쌍하기도 하고, 그 오빠한테 편지 쓰는 것도 귀찮아서 복수는 안 했습니다. 다만, 언니 일기장이 재밌어서 그 뒤에서 계속 봤는데 언니는 아직도 그건 모를 거예요. ㅋㅋㅋ.

행복하자, 아버지

Zion. T.
〈양화대교〉

우리 집에는 매일 나 홀로 있었지.
아버지는 택시드라이버.
어디냐고 여쭤보면 항상 양화대교.

아침이면 머리맡에 놓인 별사탕에 라면땅에
새벽마다 퇴근하신 아버지 주머니를 기다리던
어린 날의 나를 기억하네.
엄마, 아빠, 두 누나, 나는 막둥이 귀염둥이.
그 날의 나를 기억하네. 기억하네.

행복하자. 우리 행복하자.
아프지 말고, 아프지 말고.
행복하자. 행복하자.
아프지 말고. 그래, 그래.

내가 돈을 버네. 돈을 다 버네.
엄마 백 원만 했었는데.
우리 엄마, 아빠, 또 강아지도
이젠 나를 바라보네.

전화가 오네. 내 어머니네.
뚜루루루- 아들, 잘 지내니?
어디냐고 물어보는 말에
나 양화대교, 양화대교.

엄마, 행복하자.
아프지 말고, 좀 아프지 말고.
행복하자. 행복하자.
아프지 말고. 그래, 그래.

그때는 나 어릴 때는
아무것도 몰랐네.
그 다리 위를 건너가는 기분을.
어디시냐고 어디냐고 여쭤보면
아버지는 항상 양화대교, 양화대교.
이제 나는 서 있네, 그 다리 위에.

행복하자. 우리 행복하자.
아프지 말고, 아프지 말고.
행복하자. 행복하자.
아프지 말고. 그래, 그래.

내가 아주 어릴 적에 우리 아버지는 과수원을 하셨어. 오토바이, 경운기, 트랙터, 소독기를 몰고 다니셨어. 차는 없었어.

내가 초등학교 4학년 때인가. 겨울이었어. 나는 지독한 감기에 걸려서 아침에 보건소에 갔다가 늦게 학교에 갔어. 그런데 2교시가 마칠즈음에 누군가 교실 앞문을 누가 두드렸어. 선생님이 문을 여니 거기에는 찬바람을 맞아 코가 빨개지신 아버지가 내 가방을 들고 서 계셨어. 내가 가방을 두고 간 걸 아시고 가져다주려고 오신 거야.
그때 빨갛던 아빠 코가 나는 괜히 부끄러웠어.

중학교 1학년 때 하루는 아버지가 트랙터를 몰고 학교로 데리러 오신 거야. 밭에서 밭을 갈다가 데리러 오신 거야. 아버지 옷에 흙이 많이 튀어 있었어. 아무리 빨리 달려도 다른 차들이 다 우리를 앞질러 갔어. 우우우우우웅. 트랙터 소리가 너무 커서 지나가는 사람들이 다 우리를 쳐다보는 게 나는 싫었어.

그리고 그해 가을, 우리 아버지는 고혈압으로 쓰러지셨어.

그리고 내가 여고생이 되었을 때 우리 아버지는 오른쪽 다리를 절고, 오른쪽 손도 못 쓰셨어.

어느 날 학교를 마치고, 집으로 가기 위해 버스를 탔는데 내가 탄 버스를 타기 위해 정류장으로 급히 걸어오는 아버지를 봤어. 아버지는 뛰지 못하시니까 이미 버스는 너무 멀어졌고, 나는 어떻게 해야 할지 몰라서 그렇게 버스를 타고 집에 왔어. 집에 가보니 엄마는 아버지가 버스를 놓쳤다고 전화가 왔다며 데리러 가야겠다고 했어. 그래서 나는 그냥 '으응' 했어. 그냥 '으응' 하기만 했어.

그리고 그 날 저녁, 버스를 타려던 아버지의 모습이 떠올라서 혼자 울었어. 그래서 결심했어. 어떤 순간에도 아버지를 자랑스러워하겠다고.

나는 지금 행복하게 살려고 나름 열심히 살아. 그런데 문득 그런 생각이 들어. 우리 아버지는 행복하실까? 자식들은 지 행복하려고 자기 생각만 할 때 우리 아버지는 행복하실까? 일 끝나고 엄마가 돌아오실 때까지 우리 아버지는 혼자 뭐 하실까?

부디 우리 아버지 인생에 아직 행복한 순간이 있기를.
그 마음에 고단함이 없으시기를.

엄마

강아솔,
〈엄마〉

딸아, 사랑하는 내 딸아.
엄마는 늘 염려스럽고 미안한 마음이다.
날씨가 추워 겨울 이불을 보낸다.

딸아, 사랑하는 내 딸아.
엄마는 늘 염려스럽고 미안한 마음이다.
귤을 보내니 맛있게 먹어라.

엄마는 늘 말씀하셨지, 내게.
엄마니깐 모든 것 다 할 수 있다고.
그런 엄마께 나는 말했지.
그 말이 세상에서 제일 슬픈 말이라고.

남들이 뛰라고 할 때
멈추지 말라고 할 때
엄마는 내 손을 잡고 잠시 쉬라 하셨지

남들이 참으라고 할 때
견디라고 말할 때에
엄마는 안아주시며 잠시 울라 하셨지

다 갚지도 못할 빚만 쌓여가는구나…
다 갚지도 못할 빚만 쌓여가는구나…

엄마는 늘 말씀하셨지, 내게.
엄마니깐 모든 것 다 할 수 있다고.
그런 엄마께 나는 말했지.
그 말이 세상에서 제일 슬픈 말이라고.

아버지 쓰러지시고 엄마가 힘들어서 인삼밭에 같이 나가 일 도와달라고 했을 때 안 간다고 떼쓴 거.
그래서 나 빗자루로 때리게 한 거. 그 날 밤에 화해하려고 미안해서 같이 자자고 했는데 다른 방 가버린 거.

고3 때 엄마 갱년기인 줄도 모르고 계속 내 감정, 내 스트레스만 맞추게 한 거.

엄마가 서울로 부쳐 준 음식 곰팡이 피게 해서 버린 거.

힘드실 때 지켜주지 못하고, 보호해주지 못한 거.

뉴질랜드 어학연수 갔을 때 혼자 다 해결하겠다고 해 놓고 두 번 다 100만 원 넘게 용돈 받은 거.

엄마가 항상 나보다 동생을 더 사랑한다고 오해하고, 소심하게 군 거.

엄마가 나를 본전 뽑으려고 키웠다고 대든 거.
엄마가 팔짱 끼려고 하면 어색하게 쭈뼛거리는 거.
부엌에서 명절 음식 만들다가 TV 보러 들어간 거.
받으려고만 한 거. 하는 거.

전화 자주 하라고 엄마가 먼저 말하게 한 거.

엄마는 항상 공주님이라고 하는데 한 번도 왕비 대접 못 해 드린 거.

이제 엄마 예순둘.
엄마 뱃속에서 태어나 스물아홉이 될 때까지 엄마를 엄마로만 안 거.
미안해. 엄마.

인생

설운도, 〈다함께 차차차〉

어차피 잊어야 할 사람이라면
돌아서서 울지 마라. 눈물을 거둬라.
내일은 내일 또 다시 새로운 바람이 불거야.
근심을 털어놓고 다 함께 차차차
슬픔을 묻어 놓고 다 함께 차차차
차차차 차차차
잊자, 잊자.
오늘만은 미련을 버리자.
울지 말고 그래, 그렇게.
다 함께 차차차

어차피 돌아서 간 사랑이라면
다시는 생각 마라. 눈물을 거둬라.
내일은 내일 또 다시 새로운 바람이 불거야.
근심을 털어놓고 다 함께 차차차
슬픔을 묻어 놓고 다 함께 차차차
차차차 차차차
잊자, 잊자.
오늘만은 미련을 버리자.
울지 말고 그래, 그렇게.
다 함께 차차차

알리라 불리던 남자가 있었어. 보통사람 두 배의 손 크기. 날카로운 눈매. 나비처럼 날아서 벌처럼 쏘는 민첩함. 힘. 뒤끝 없는 승부욕. 남자는 호기롭게 사람들을 제압하곤 했어. 그런 그가 1999년 가을, 47살의 나이에 재활센터에서 마비된 오른쪽 손과 발에 이를 악물고 움직이고 있었어.

아내는 사기당한 땅 문제를 처리하기 위해 잠시 집으로 갔어. 땅을 사기 쳐 판 놈은 모르쇠였어. 남자가 언어기능까지 마비된 걸 알고 자기에게 유리하게 말하고 있었지. 남자가 갑자기 쓰러지지만 않았더라면 길게 갈 필요도 없는 사건이었어. 아니 말도 필요 없었겠지. 눈빛과 주먹이 있었으니까.

남자의 곁에 한 아이가 그를 따라 지하 재활치료센터에 왔어. 아이는 운동기계에 남자의 손을 놓고, 붕대로 기계와 남자의 손을 함께 둘둘 말아주고. 잘 고정되면 남자는 힘을 줘 기계를 움직였어.
'끼익 끼익'
힘든 세상살이 소리. 기계에 몸을 의지해 움직이는 사람들. 원래 다 잘하던 거를 처음부터 다시 시작하는 환자복 차림의 어른들이 지하 공간을 메우고 있었어. 막연하게나마 아이는 인생이 힘든 거라는 생각이 들었어.

그런데 아이는 다소 황당한 남자의 행동으로 우울한 어른으로 자라지 않게 됐는데, 이유가 무엇이냐 하면,

다시 병실로 돌아가기 위해 탄 엘리베이터 안. 환자들의 적막. 상승하는 엘리베이터. 그리고 내릴 차례. '딩동' 소리가 나는데
"차차차!"
남자는 갑자기 적막을 깨고 좋아하던 설운도의 〈다 함께 차차차〉 노래 구절을 불렀어. 사람들은 놀라 쳐다봤고, 남자는 의식하지 않았어. 침울했던 아이는 '키킥' 웃었어.

땅은 날아갔어. 슝. 남자는 그 후에도 오른손을 쓰지 못하고, 말을 제
대로 못 해. 그래도 〈전국노래자랑〉을 보고 노래를 부르며 살아내고
있어.

심오하지 않니?

> 내일은 내일 또 다시 새로운 바람이 불거야.
> 근심을 털어놓고 다 함께 차차차
> 슬픔을 묻어 놓고 다 함께 차차차

16년 전 남자, 아니 나의 아버지가 불렀던 〈다 함께 차차차〉의 노래
가사가 내게 깊은 울림을 줬어. 아버지의 인생이 노래와 뒤얽히고, 부
단히 달관하려 했던 아버지가 쓰리기도 하지. 그런데 우리 아버지는
비관이 아니라 해탈을 택한 거지.

뭐 다 그런 거 아니겠어? 탈처럼 웃으라고. 갑자기 장애인이 되고, 땅
을 떼였는데 '차차차'라니. 정말 우리 아버지는 대가야.
그리고 나는 대가인 아버지를 정말 사랑해.

사랑하기로 해

김동률,
〈감사〉

눈부신 햇살이 오늘도 나를 감싸며
살아있음을 그대에게 난 감사해요.
부족한 내 마음이 누구에게 힘이 될 줄은
그것만으로 그대에게 난 감사해요.

그 누구에게도 내 사람이란 게
부끄럽지 않게 날 사랑할게요.
단 한 순간에도 나의 사람이란 걸
후회하지 않도록 그댈 사랑할게요.
이제야 나 태어난 그 이유를 알 것만 같아요.
그대를 만나 죽도록 사랑하는 게
누군가 주신 나의 행복이죠.

그 어디에서도 나의 사람인 걸
잊을 수 없도록 늘 함께할게요.
단 한순간에도 나의 사랑이란 걸
아파하지 않도록 그댈 사랑할게요.
이제야 나 태어난 그 이유를 알 것만 같아요.
그대를 만나 죽도록 사랑하는 게
누군가 주신 내 삶의 이유라면
더 이상 나에게 그 무엇도 바랄 게 없어요.
지금처럼만 서로를 사랑하는 게
누군가 주신 나의 행복이죠.

이제야 나 태어난 그 이유를 알 것만 같아요
그대를 만나 죽도록 사랑하는 거
누군가 주신 나의 행복이죠

긴장되고 피곤한 하루였다. 그의 부모님이 계신 지방에 내려가 인사를 드리고 왔다. 그의 부모님은 터미널까지 데리러 나오셨고, 심지어 어머니는 차에서 내려 내 손을 잡으시고, '어이고, 예쁘다. 오느라 힘들었지'라며 나를 쓰다듬으셨다. 그런데 차에 올라타는 순간, 아버님께서 그에게 역정을 내셨다.
"부모가 병신이가?"

사건의 전말은 그러했다. 회사 일로 피곤했던 우리는 버스를 타자마자 잠들었다. 그러다 도착 직전에 서로가 경제적으로 결혼할 준비가 되어있는지 솔직하게 이야기를 나눴다. 그런데 그는 부모님께서 집을 구하는 데 도와주시긴 어려울 것 같다고 말했다. 그가 모아놓은 돈은 턱없이 적었다. 나는 덜컥 겁이 났다. 그러나 버스는 이미 도착했고 마음이 산만했다. 나는 작심하고 말했다.
"너한테 1년이랑 나한테 1년은 달라. 왜냐하면 나는 서른 살이고, 너는 스물여덟 살 남자이니까. 내가 이러는 건 네가 부족해서가 아니야, 잘못도 아니고, 다만 너는 어리고. 그래서 아직 준비가 덜 됐을 뿐이야. 지금의 네가 3년만 더 나이가 있는 상태에서 날 만났더라면 내가 이러지 않았을 거야. 그러니까 내가 냉정해 보여도 날 이해해주길 바라."
그리고 돌아서려는데
'띠리리리링'
"잠시만, 네, 아버지. 네. 나 잠시만 통화 좀 하고 올게."

그는 저만치 가서 전화통화를 했다. 그리곤
"아버지랑 어머니께서 나오셨어. 나가자."
얼결에 나는 그의 손에 이끌려 밖으로 나갔다.
"여기까지 나왔는데 다시 식당에 가서 기다리라니, 부모가 병신이가?"
차에 타자 정적이 흘렀다. 민망해진 어머니께서 다급하게 입을 여셨다.
"너희 아버지는 너희 온다고 아침부터 집도 치우고, 차도 닦고, 그렇게 준비를 해서 나왔는데 너희 아버지는 서운해서 안 카나."

나중에 알고 보니 그는 다시 서울로 올라갈 기세인 나와 옥신각신할 때 아버지께 따로 식당으로 갈 테니 먼저 가 계시라고 했다고 한다. 기대에 부풀어 마중 나오셨던 아버지는 마음이 상하셨다. 몇 분 후, 멋쩍게 들어오신 아버지는 자리에 앉으시자마자 그를 보고 말했다.

"아들아, 미안하다. 어른이 되가지고, 미안하다."

그는 잠잠히 '예'하고 넘겼다. 그리고 우리는 식사를 마쳤다.

그리고 부모님을 따라 집에 가서 차를 마셨다. 지금까지 자라며 찍은 사진들, 교회, 학교를 둘러봤다.

'사랑과 신뢰를 받으며 안심하며 자랐구나.'

그의 여유와 배짱이 어디에서 나오는지 알 수 있었다. 그리고 나도 어느새 편해졌다.

서울로 오는 버스에서 많이 긴장했던지라 말할 기운도 없었다. 잠깐 깨서 얼굴을 들었는데 그가 소리 없이 눈물을 흘리고 있었다.

버스는 컴컴했고, 그는 소리 내지 않고, 눈물만 흘리고 있었다. 그러자 나도 슬퍼서 눈물이 났다. 서로 말하지 않고, 우는 걸 보면서 그렇게 계속 마주 보고 울었다.

"…사랑해."

내 눈물을 닦아주며 그는 말했다. 정말 변하지 않는 진심일까?

"변하지 않을 거야?"

"응, 평생 너만 사랑할게."

"…"

"평생 너만 사랑하기로 하나님 앞에 약속할게."

내 눈물을 닦으며 울며 고백하는 그의 눈에서 진지한 각오를 느꼈다. 그렇게 울다가 서로 얼굴을 쓰다듬다가 기대다가 잠들었다가. 사랑이 밥 먹여주느냐는 말을 내뱉으면서도 왜 바보같이 사람들이 사랑을 선택하는지 어렴풋하게나마 알겠다.

미쳤는지 아직 내겐 돈보다 진심이 더 귀하다.

신부의 프로포즈

🏵 이소은, 〈소녀, 소년을 만나다〉

놓치면 안 돼. 하늘이 내게 주신 운명 같은 기회야.
하필이면 왜 지금 미처 준비도 안 된 내 마음을 뒤흔드는 거야.
구부정한 어깨에 가는 머릿결 쓸쓸한 미소가 흘러.
순정만화에서 보던 그런 널 그냥 지나칠 수 없어.
내 앞에서 난 하마터면 놀라 소리를 지를 뻔 했어.
이 세상에 살지 않을 것만 같던 이상형을 지금 내 앞에…

놓치면 안 돼. 하늘이 내게 주신 운명 같은 기회야.
하필이면 왜 지금 미처 준비도 안 된 내 마음을 뒤흔드는 거야.
나즉한 목소리로 나를 이끌어 꿈꾸듯 묘한 손짓에
가슴이 얼어붙는 줄 알았어. 정신을 차릴 수 없어.
네 앞에선 난 하마터면 놀라 소리를 지를 뻔 했어.
이 세상에 살지 않을 것만 같던 이상형을 지금 내 앞에…

놓치면 안 돼. 하늘이 내게 주신 운명 같은 기회야.
하필이면 왜 지금 미처 준비도 안 된 내 여린 가슴을 아프게 한 거야.
놓치면 안 돼. 하늘이 내게 주신 운명 같은 기회야.
하필이면 왜 지금 미처 준비도 안 된 내 마음을 뒤흔드는 거야.
이젠 내 곁으로 다가와 줘.

스물여덟의 사랑 이야기.
어느덧 4년 차에 접어든 연인이 있습니다.

처음 그대를 보았을 때
자연스레 그대를 맘에 담았습니다.
그리고 신비한 자연스러움을 따라
우린 그렇게 연인이 되었습니다.

그대는 내게는 참. 좋은 사람입니다.
한마디로 표현할 수 없는, 그런 사랑입니다.

설렘과 두근거림을 좋아해서
한사람과 오래도록 만남을 가질 수 있을까.
예전부터 염려했던 괜한 걱정의 틀
그대가 멋지게 아름답게 깨주었습니다.

하늘을 닮은 누군가를 만나고 싶단 소망 안에
뉴질랜드 선명한 하늘 조각 아래
이름조차도 아름다운 그대가
나의 두 번째 넓은 하늘이 되었습니다.

먼저 한국으로 와야 했던 그는
날짜에 맞춘 편지들을 남겨놓고
꼭 그 날에만 읽으라는 특명으로
편지 안 행복을 숨겨두는 사람이었습니다.

자상하디 자상한 남자를 만나고 싶었습니다.
부드럽기가 끝없는 남자를 만나고 싶었습니다.
따뜻하디 따뜻한 남자를 만나고 싶었습니다.
성실함이 무기인 남자를 만나고 싶었습니다.
경청이 몸에 밴 남자를 만나고 싶었습니다.

나쁜 남자가 아닌 남자를 만나고 싶었습니다.
감정적이지 않은 남자를 만나고 싶었습니다.
한결같은 성품의 남자를 만나고 싶었습니다.
배려심이 가득한 남자를 만나고 싶었습니다.
무던하고 묵묵한 남자를 만나고 싶었습니다.
삶의 가치가 같은 남자를 만나고 싶었습니다.

그냥 그랬습니다.
그런 남자 만나고 싶었습니다.

왠지 그런 것만 같은 남자를 만났습니다.
그리고 만나면 만날수록 알면 알수록
느낌이 사실이라는 것에 감격하였습니다.

그리고 4년에 접어든 지금
그대와 나는 결혼을 약속한
다시 말해 가족이 될
다시 말해 한집에 살
참 특별하고 신기한 관계가 되었습니다.

십 대 시절 드라마 만화 영화 등을 보며
나와 결혼을 하는 아주 성공적인 선택을 할 남자
과연 그 사람은 누구일까.
상상에 상상을 거듭했던 그 어떤 남자.

이십 대 초반 휘황찬란한 하나님과의 만남
그리고 또한 휘황찬란한 남남남과의 만남
도대체 누구야. 나와 한집 살 사람 말이야.
상상에 상상을 거듭했던 그 어떤 사람.

그 상상이 현실이 되기까지

이제 4개월이 채 남지 않았습니다.

결혼식이 아니라 결혼생활을 준비하자는 그대의 말.
결혼 그까이 꺼 뭐 그냥 대~충!
으론 절대 풀리지 않는 여러 감정에의 싸움

못난 모습과 부족한 면들만을 드러내고 있지만
계속해서 리필되는 사랑 주머니를 차고 있는 마냥
한결같고 한결같은 사랑으로 덮어주는 따스한 그대를
나는 도무지 사랑하지 않을 수 없습니다.

처음부터 지금까지 한결같은 사랑, 아니, 더 깊은 사랑으로
내 옆에 정말이지 항상 늘 언제나 있어준 기적 같은 그대
난 이제 그대 없인… 안 될 것 같아요.

그대와 함께한 과거
그대와 함께인 현재
그대와 함께일 미래

이제 나와 같이 삽시다!♥

큰딸 시집가네, 여보

조용필, 〈걷고 싶다〉

이런 날이 있지. 물 흐르듯 살다가
행복이 살에 닿은 듯이 선명한 밤.
내 곁에 있구나, 네가 나의 빛이구나.
멀리도 와주었다, 나의 사랑아.

고단한 나의 걸음이 언제나 돌아오던
고요함으로 사랑한다 말해주던
오, 나의 사람아.

난 널 안고 울었지만 넌 나를 품은 채로 웃었네.
오늘 같은 밤엔 전부 놓고, 모두 내려놓고서
너와 걷고 싶다, 너와 걷고 싶어.
소리 내 부르는 봄이 되는 네 이름을 크게 부르며
보드라운 니 손을 품에 넣고서.

불안한 나의 마음을 언제나 쉬게 했던
모든 것이 다 괜찮을 거야, 말해주던
오, 나의 사람아.

난 널 안고 울었지만 넌 나를 품은 채로 웃었네.
오늘 같은 밤엔 전부 놓고, 모두 내려놓고서
너와 걷고 싶다, 너와 걷고 싶어.
소리 내 부르는 봄이 되는 네 이름을 크게 부르며
보드라운 니 손을 품에 넣고서.

난 널 안고 울었지만 넌 나를 품은 채로 웃었네.
오늘 같은 밤엔 전부 놓고, 모두 내려놓고서
너와 걷고 싶다, 너와 걷고 싶어.
소리 내 부르는 봄이 되는 네 이름을 크게 부르며
보드라운 니 손을 품에 넣고서.

아내가 떠난 지 15년이 되었습니다. 목장을 하고 있는데 아내와 매일 같이 소를 먹이고, 젖을 짰지요. 궂은일을 하고, 험한 일을 해도 내색하지 않고, 돕던 아내였습니다. 우윳값이 떨어져서 한 해 수입이 없어도, 우유 업체에 트럭 채 모든 우유를 싣고 가 다 엎어버리는 성질을 부리고 와도 군 말없이 따뜻한 밥을 지어 나를 기다리던 아내였습니다. 참을성이 많은 아내를 닮아 아이들도 참 바르고, 진중하게 컸어요. 특별히 잔소리하지 않아도 공부도 열심히 하고요. 아마 지들 엄마가 고생하고 부지런한 걸 봐서 그런 거겠죠.

그렇게 나하고 애들한테 잘하고, 같이 사는 동안 소처럼 일만 했는데 어느 날, 암 말기라고 하더군요. 돈이고 뭐고 그냥 다 싫고, 남은 시간만이라도 소 말고, 여자처럼 대해주고 싶어서 안 먹던 음식도 사 먹고, 애들 데리고 같이 여행도 가고, 잘 때 손도 잡고, 팔베개도 해주고 정말 최선을 다했습니다. 그렇게 하고 나서도 그 사람 보면 너무 미안해서 참 많이 울었습니다. 다 나 위해 그러는 것 같아서요. 그리고 그 사람은 그 사람답게 요란 떨지 않고 갔습니다. 큰 아이가 그 사람 떠나고, 발인하기 전에 관 옆에서 자겠다고 하더라고요. 하나도 안 무섭다고. 엄마랑 같이 있고 싶다고요. 그때 생각했습니다.
'나만 힘든 거 아니다. 애들도 힘들다. 애들 위해서라도 마음 단단히 먹어야 한다. 애들 보는 데서 울지 말아야 한다…'

큰딸이 그 뒤로 혼자 철이 들었어요. 예전에는 엄마한테 옷 사달라고 떼도 쓰고, 친구들이랑 밤새워 놀러 다니기도 하고 그러던 녀석인데 학교 마치고 와서 청소하고, 설거지하고, 빨래하고, 동생들 챙기더라고요. 그 모습이 안쓰럽다가도 저도 힘들고 하여서 큰딸을 많이 의지했습니다. 둘째도 그전에는 그렇게 언니를 이기려고 했는데 엄마처럼 잘 따랐고요.

그런데 누가 여자를 소개해줬습니다. 언제까지 혼자 살 거냐고요. 애들 위해서라도 엄마는 있어야 하지 않겠느냐고요. 딸 두 녀석은 이제 좀 커서 괜찮은데 아들 녀석이 엄마 손이 필요하고, 학교에서 엄마들

모이는 자리에 할머니가 가서 풀 죽어 있는 것도 마음이 안 좋아 결혼식 없이 같이 살았습니다. 그 여자도 결혼했다가 남편이랑 헤어지고, 딸 하나는 남편이 데리고 살았어요. 두 딸이 대견하게도 엄마라고 불러주고, 따라주고, 아들 녀석은 누나들 따라 엄마라고 하고, 그렇게 살았는데… 그 여자가 어느 날 집을 나갔어요. 마음 붙이기가 쉽지가 않다고요. 다시 한 번 해보자며 잘 이야기해서 데려오고, 다시 나가고, 또 데려오고, 그렇게 몇 번을 그러다가 또 집을 나간 그 여자를 다시 잡아야 하나 그러고 마루에 앉아 한 피우던 담배를 꺼내 피는데 큰딸이 조용히 와서 울더라고요. 아버지, 그냥 우리끼리 있으면 안 되느냐고요.

그래서 더 안 잡았습니다. 그리고 다시 여자를 데려오지 않았습니다. 그리고 큰딸이 이제 시집갑니다. 며칠 전에 그러대요. 아버지, 그때 제가 우리끼리 있자고 해서 아무도 안 만나는 거냐고. 아버지도 행복했으면 좋겠다고. 내내 마음에 걸렸다고. 그런 거 아니니 걱정하지 말라. 네 요량이나 잘하고 살라고 했습니다. 나도 재미있게 살 거라고 그랬습니다.

생각해보니 자식 셋 키우느라고 정말 바쁘게 살았더라고요. 그래서 통 애 엄마 생각도 잘 안 들고 그랬었는데 큰딸이 시집간다고 하니까 그 사람이 생각이 많이 납니다. 그 사람도 시집올 때는 참 예뻤지요. 하늘에서 내가 딸 손잡고 입장하는 거 보겠지요? 말하고 싶습니다. '여보, 우리 딸 시집간다. 내 식장 들어갈 때 내 옆에 있어 주시오.'

같이 할게요. 아버지

🎵 더필름, 〈사랑, 어른이 되는 것〉

짧게 말하기 되묻지 말기
어린애처럼 사소한 말투에 서운해 말기
한 번 더 듣기 귀담아 주기
당신이 원한 그 말이 아니라 그대 말 듣기
아프지 말기 쉽게 오해도 말기
그대의 얘기 돌려 듣지 말고 그대로 듣기
기다려 주기 자꾸 무언가를 바라지 않기
사랑하게 되는 일이란 어른이 되는 것
화내지 말기 우릴 더 믿기
하고픈 말이 차오를 땐 그냥 뒤돌아 웃기
보채지 말기 가볍지도 말기
그대의 단단한 나무가 되어 그늘이 되기
아프지 말기 쉽게 오해도 말기
그대의 얘기 돌려 듣지 말고 그대로 듣기
기다려 주기 자꾸 무언가를 바라지 않기
사랑하게 되는 일이란 어른이 되는 것
어른이 되는 것 내게 어려운 것
어른이 되는 것 어리지 않은 것
이렇게 많은 시간이 흘러
우리 앞에 완성이 되는 것
기다려 주기 서툰 걸음 걷는 날 믿어 주기
사랑하게 되는 일이란 어른이 되는 것
사랑하게 되는 일이란 어른이 되는 것

아버지께서 병원에서 퇴원해서 다시 집에 돌아왔을 때 우리 집에는 많은 변화가 생겼다.

첫 번째는 물건이 달라졌다. 일어나고 앉는 것이 불편한 아버지를 위해 온돌을 쓰시던 어머니는 침대를 샀다. 오른쪽 손을 못 쓰시는 아버지가 젓가락질을 못 하시기 때문에 포크를 샀고, 욕실 변기에 아버지가 앉고 일어서시기 편하도록 손잡이를 설치했다. 끈으로 묶는 운동화는 양손을 못 쓰시는 아버지에겐 불편하기 때문에 찍찍이 운동화를 샀다. 오른쪽 손가락이 굳어서 일반 장갑을 못 써서 벙어리장갑을 샀다. 한옥을 개조한 집이라 마당에서 집에 턱이 높았는데 오른쪽 다리를 그렇게 높이 드시지 못하는 아버지를 위해 돌계단을 만들었다.

두 번째는 속도가 달라졌다. 하고 싶은 말씀이 있어도 단어를 떠올리기가 어려우신 아버지를 위해 기다리기 시작했다. 뭔가 말을 하려다가 떠오르지 않아 한숨을 쉬시면 여러 가지를 '이거요?', '저거요?' 짐작해 말씀드려본다. 그러면 아버지는 그중에 하나에 '맞아, 맞아' 하셨다. 대화는 당연히 길어졌다. 아버지와 어디를 갈 때, 다리를 저시는 아버지와 느긋이 나란하게 걸었다. 계단을 내려갈 때 한 계단씩 같이 걷거나, 내려가서 잘 내려오시는지 바라보았다. 눈길을 걸을 때는 어깨를 잡고 걸으셔야 하기 때문에 더 천천히 걸어야 한다.

세 번째로 대화의 방식이 달라졌다. 예전에는 밥을 먹을 때 아버지만 거의 말씀하셨다. 엄하셨기 때문이다. 그런데 아버지께서 말씀하시는 게 어려워지시다 보니 가족들이 더 말하기 시작했다. 아버지는 듣고, 웃고, 짧게 한 두 마디 하셨다. 그런데 신기한 게 무슨 말씀하시는지 다 이해가 됐다. 친구와 회사생활 이야기를 신나게 했는데 '네 거 네가 잘 챙겨', '사람 잘해'. 짧고 굵은데 왜 그런 말씀하시는 지 이해가 됐다.

네 번째로 달라진 건 마음이었다. 아버지께서 뭔가 기억을 못 하시거나, 잘못 전화를 거시거나, 버스를 놓치시거나, 물을 쏟으시거나, 넘어지시거나 하는 건 일부러 그러시는 게 아니다. 일을 못 하시는 것도. 일부러 그런 게 아니기 때문에 뭐라고 할 부분도 아니다. 잘못은 용서하는 거지만, 실수는 이해하는 거다. 우리는 아버지를 이해하기 시작했고, 그건 당연했고, 자연스러웠다. 사랑하기 때문에.

아버지의 입장에서 이해하시기 쉽게, 드시기 쉽게, 걸으시기 편하게, 신으시기 편하게, 주무시기 편하게. 그렇게 우리 가족은 어른이 되었다. 그게 참 신비롭고, 감사하다. 나는 이 음악을 들을 때 우리 아버지, 우리 가족이 떠오른다.

그대와 하루 끝

🎵 윤종신,
〈그대 없이는 못 살아〉

세상이 버거워서 나 힘없이 걷는 밤.
저 멀리 한사람 날 기다리네.
아무도 나를 찾지 않아도 나를 믿지 않아도
이 사람은 내가 좋대.
늘어진 내 어깨가 뭐가 그리 편한지 기대어
자기 하루 일 얘기하네.
꼭 내가 들어야 하는 얘기.
적어도 이 사람에게 만큼은 난 중요한 사람.

나 깨달아요. 그대 없이 못살아.
멀리서 내 지친 발걸음을 보아도
모른 척 수다로 가려주는
그대란 사람이 내게 없다면
이미 모두 다 포기했겠지.

나 고마워요.
그대 밖에 없잖아.
나도 싫어하는 날 사랑해줘서.
이렇게 노래의 힘을 빌어 한번 말해본다.
기어코 행복하게 해준다.

나 깨달아요
그대 없이 못살아, 멀리서 내 지친 발걸음을 보아도
모른 척 수다로 가려주는 그대란 사람이 내게 없다면
이미 모두 다 포기했겠지

퇴근길.
지친 몸을 이끌고 저벅저벅 걸어
집에 막 들어가려는 찰나
거의 다 왔다며 같이 들어가자는 전화에
자전거 타고 열심히 오고 있는 남편을 기다렸다.

먼발치서 자전거가 나타나길 기다리며
그 끝으로 조금씩 걸어가면서

오늘도 내 곁으로 살아 돌아오고 있는
이 사람의 존재 자체에
그 생명 자체에
그 소중함에
그 감사함에
눈물이 흘렀다.

그리고
시야 저 끝에서부터
환하게 웃으며 눈썹 휘날리며 나타난 아벨.
날 보자마자 맨 먼저 하는 말.

"나 멋있지?"
자전거 착지자세가 스스로 생각하기에
굉장히 흡족했던 모양.

"응, 멋있어"
나 혼자만의 센치 감성은 broken.
그치만 이내 함박웃음으로 대답, 팔짱을 끼고선
같이 걸어 올라가는 길이 참 행복한 밤.

"나 오니까 좋지. 혼자 가면 무서웠을 텐데."

"응. 지인~짜 좋아."
말 한마디도 칭찬받고파 하는 인정본능 남자와
그 본능을 충실히 충족시켜주고픈 여자의
주고받는 사랑이 흘러가는 시간들.

"오늘도 살아 돌아와줘서 고마워."
진심을 가득 담은 따뜻한 말 한마디.

고마운 하루가 이렇게 또 지나간다.

송중기와 내 남편

🎵 첸, 펀치,
〈Everytime(드라마 태양의 후예 OST)〉

Oh, Every time I see you.
그대 눈을 볼 때면
자꾸 가슴이 또 설레어와.
내 운명이죠.
세상 끝이라도 지켜주고 싶은 단 한 사람.

Oh, Every time I see you.
그대 눈을 볼 때면
자꾸 가슴이 또 설레어와.
내 운명이죠.
세상 끝이라도 지켜주고 싶은 단 한 사람.

그대 나를 바라볼 때
나를 보며 미소 질 때
난 심장이 멈출 것 같아요, 난.
그댄 어떤가요.
난 정말 감당하기 힘든 걸.
온종일 그대 생각해.

조금 멀리 우리 돌아왔지만
지금이라도 난 괜찮아.
날 떠나지 말아요.
가끔은 알 수 없는 미래라 해도
날 믿고 기다려줄래요.

나만의 그대여 내겐 전부라는 말.
고백한 적이 있었나요.
내 운명이죠.
세상 끝이라도 지켜주고 싶은 너.

oh, 사랑할래요.
oh, 니 눈빛과 니 미소와 그 향기까지도.
oh, 기억해줘요.
oh, 언제나 우리 함께 있음을.
I love you.

2012년 송중기가 〈착한 남자〉에서 눈물을 글썽거릴 때만 해도 나는 결코 흔들리지 않았다. 왜냐하면 나는 그때 지금의 남편과 열렬한 사랑에 푹 빠져 있었으므로.

일주일에 하루도 빼놓지 않고 얼굴을 보고, 전화기가 과열되도록 통화를 해도 그야말로 눈에서 하트가 뿅뿅 나왔고, 아침, 점심, 저녁이 온통 그였다. 그런데 그런 그가 나의 남편이 되고, 나의 달콤한 상상과 달리 추리닝 입고, 아침 먹고 자고, 점심 먹고 자는 그를 보니 왜 이리 송중기가 눈에 들어오던지. 소파에 애벌레처럼 누워있는 그와 근육질의 몸으로 부대를 도는 남자 송중기는 너무나도 다른 그림이었던 것이다. 내가 송중기를 언급할 때면, 그는 설현으로 맞대응하지만, 알다시피 설현도 송중기를 이상형으로 꼽지 않았던가.

그런데 지난 수요일, 남편이 부서 사람들과 저녁 약속이 있다고 했다고 했고, 나는 아쉬운 척하며 퇴근 후 태양의 후예를 마음껏 즐길 수 있다는 기쁨에 TV보며 먹을 주전부리까지 샀다. 설레던 9시 40분경, 갑자기 현관문 여는 소리. 남편은 부서 사람들이 일이 있다며 하나, 둘 일어서는 바람에 생각보다 자리가 일찍 파했다며 부실하게 먹어서 배가 고프다며 심지어 밥 좀 있느냐 했다. 모처럼 드라마를 보며 여유 있는 시간을 가지려 했건만 어쩌면 내 남편은 이 지경(?)인가. 귀찮은 티 팍팍 내며 냉장고에서 대충 반찬을 꺼내 식탁에 올려놓고, 먹고 싶은 만큼 퍼먹으라고 그릇에 주걱을 둔 채 다시 TV 앞에 앉았다. 그리고 드라마에 한창 몰입하던 중 송혜교가 그랬다.

"다음에 남자랑 영화 볼 땐 재미있는 영화는 피해야겠다고 생각했죠. 그 영화 천만 될 때까지 기사가 매일 쏟아지는데, 그 영화는 나에게 곧 유시진이라 자꾸 생각이 났거든요."

꺅. 둘이 첫 키스를 하는 순간, 비슷한 일 하나가 생각이 났다.

열렬히 사랑하던 남편과 연애 2년 차가 되자 너무 자주 만난 것인지 나는 권태기를 맞았다. 나는 도리어 남편이 변했다며 이별통보를 했고, 남편은 황당해하며 이별을 맞았다. 오랜만에 맞은 자유를 만끽하며 남편과 만나기 전 내가 곧 잘하던 '혼자 조조영화 보기'를 하러 갔는데, 영화를 볼 때 손잡이를 올리고, 내 옆에 붙어 앉던 남편이 떠오르면서 갑자기 영화가 너무 재미없어졌다. 분명 엄청 재미있는 영화라고 했는데 너무 재미가 없어서 결국 자리를 박차고 일어나서 나와버렸다.

그다음도, 그다음 영화도 너무 재미가 없어서 결국 나는 영화를 재밌게 보려고(?) 남편에게 전화를 걸었다. 헤어지자고 해놓고 이게 뭐하는 짓인가 싶어서 도망치듯 툭 끊어버렸는데 바로 남편에게 연달아 전화가 왔고, 마침내 우리는 결혼까지 하게 된 것.

'맞다. 우리도 그런 때가 있었지…'

정신을 차리고 부엌을 봤더니 남편은 없고, 이 사람이 밥을 먹었는지 가물가물했다. 반찬은 냉장고에 다시 넣었는데 밥그릇과 주걱이 그대로여서 밥솥을 열어보니, 아뿔싸 밥이 없었.다. 방문이 열어보니 남편은 순하게(?) 자고 있었다.

'…'

에후. 유 대위가 뭐라고. 밥솥에 밥이 있는지 없는지도 모르고……. 군말 없이 잠들어준(?) 남편의 이불을 끌어올려주며 남편 귀에 "유 대위 걱정은 강모연이 하고, 내 남편 걱정은 내가 합니다. 뭐니 뭐니 해도 내 사람이 최고지 말입니다"라고 속닥거려줬다. 들었는지 못 들었는지 우리 남편은 또 곰같이 잤지만. ㅎㅎㅎ

아빠,
내년에 또 가요

요니,
〈아버지〉

덧없는 세월 속에서
주름 가득한 그대 미소가 슬퍼보여
긴시간 우린 서로 많이 변해 버렸죠
되돌릴순 없죠 모진 세상에 멍들고
애써 감추던 그대 흐르지 못한 눈물
타들어간 그 맘을 씻어주지 못했던 나인걸요

이제 내가 지켜 줄게요 내 노래를 들어줘요
그댈 너무 사랑해요
나 서툴겠지만 이제라도 나란히 걸을래요?
함께…

이제 내가 지켜 줄게요 내 노래를 들어줘요
그댈 너무 사랑해요
나 서툴겠지만 이제라도 나란히 걸을래요?

모든 걸 더해도 많이 모자라요
내가 받아온 그 사랑 언제나 곁을 지켜주었죠
내겐 항상 그대뿐이죠

이제 내가 지켜 줄게요 내 노래를 들어줘요
그댈 너무 사랑해요
나 서툴겠지만 이제라도 나란히 걸을래요?
함께…

우리 아빠는 집에 계신 시간이 많지 않았어. 일을 정말 많이 하시는 분이셨거든. 그런데 언제부턴가 과로로 당뇨와 심장병 증세가 악화되셨어. 그래도 일을 해야 하니까 몇 달 입원하셨다가 퇴원하셔서 다시 출근하시거나 재택치료를 하시거나 그러셨어.

그런데 병원을 다닐수록 몸이 더 야위어지시고, 기억력이 안 좋아지시는 거야. 아빠가 치매 증상까지 보이시니까 많이 불안했어. 당황스러웠지. 그런 약한 모습의 아빠는 상상해보질 못했거든. 그런데 시간이 한참 지나서야 병원에서 약을 잘못 제조해서 아빠 몸이 더 약해졌다는 것을 알게 됐어.

나는 장녀니까 엄마와 동생들을 다독이고, 혼자 방에 들어와 아빠가 불쌍해서, 또 울분이 터져서 얼마나 많이 울었는지 몰라. 아빠가 내 삶에 차지하는 부분이 너무 작아서 그저 먼 존재였는데 처음으로 아빠가 부재할 내 삶에 대한 두려움이 느껴졌어.

'그래, 살아계실 때 조금이라도 더 잘하자.'

그 일이 있고, 해마다 한 번씩 아빠와 단둘이 여행을 다녀오기로 마음 먹었어. 그리고 작년에는 통영과 거제도를 다녀왔어. 아빠가 낚시를 좋아하시거든. 바닷바람을 맞으며 아빠와 앉아 있는데 내가 그랬어.

"아빠, 큰딸이 서른둘이 넘도록 시집 안 가고 있으니까 걱정되죠? 죄송해요."

사실, 좋은 사람과 행복하게 사는 모습을 보여드리고 싶은데 그게 맘처럼 되지 않아서 속상했었거든. 그런데 아빠가 내 어깨를 토닥이시면서 잠잠히 그러시더라고.

"우리 딸 같은 사람도 없어."

다 아신다는 듯이.

그저 오래만 제 곁에 계시길. 그래서 내년도 또 내후년에도 아버지를 모시고 낚시를 다녀올 수 있게 해달라고 속으로 기도했어. 언젠가 좋은 사람과 아빠를 모시고 또 낚시하러 온다면 더없이 좋을 것 같아. 시력을 잃어가는 아빠가 하루라도 더 뚜렷하게 보실 수 있을 때에.

생각해보면
너는 더 좋은 사람

버스커버스커, 〈정류장〉

해 질 무렵 바람도 몹시 불던 날
집에 돌아오는 길 버스 창가에 앉아
불어오는 바람 어쩌지도 못한 채
난 그저 멍할 뿐이었지

난 왜 이리 바보인지 어리석은지
모진 세상이란 걸 아직 모르는 지
터지는 울음 입술 물어 삼키며
내려야지 하고 일어설 때

저 멀리 가까워 오는 정류장 앞에
희미하게 일렁이는
언제부터 기다렸는지 알 수도 없는
발만 동동 구르고 있는 그댈 봤을 때

나는 아무 말도 못 하고
그댈 안고서 그냥 눈물만 흘러
자꾸 눈물이 흘러
이대로 영원히 있을 수만 있다면
그대여, 그대여서 고마워요

나는 아무 말도 못 하고
그댈 안고서 그냥 눈물만 흘러
자꾸 눈물이 흘러
이대로 영원히 있을 수만 있다면
그대여, 그대여서 고마워요

하나. 경복궁 돌담길 앞에서 만나 잠시 카페에서 숨을 돌리는데 네가 잠깐 어디 좀 다녀오겠다고 하고 장미꽃을 사 왔을 때, 그리고 커피를 마시는 순간에도 눈이 내게 고정돼 있었을 때

둘. 입사 1주년을 축하하자며 역 근처 공원에서 케이크에 촛불 꽂고 축하해줬을 때

셋. 자정에 공항에 도착했는데 도착하자마자 전화가 왔을 때. 그리고 앞에 서 있었을 때

넷. 만난 지 오십일에 부탁 있는데 한번 안아 봐도 되느냐고 물어봤을 때

다섯. 눈 오는 날, 날 안고 걸으며 너랑 결혼하면 뭐가 좋은지 발 뗄 때마다 말했을 때

여섯. 핸드폰을 네 잠바 주머니에 넣고, 인사하고 집에 들어가 버렸는데 계속 집 앞에서 큰소리로 통화하면서 알아채길 기다려줬을 때. 나 갔는데 화 안 내고 또 봐서 좋다고 했을 때

일곱. 회사에서 부서 옮기고 살 빠졌을 때, 내 팔목 잡아보더니 "아이 쿠" 했을 때

여덟. 출근길에 쓰러져서 응급실 가 있는데 와줬을 때, 직접 죽을 끓여줬을 때

아홉. 장조림 해줬을 때, 생일에 미역국(두 번) 끓여줬을 때, 감자탕을 끓여서 냄비 채 가져왔을 때

열. 이사할 때 이삿짐 아저씨보다 일 더 많이 하고, 작은 방에 사는 거 잘했다고 했을 때

열 하나. 식당에서 밥을 먹고 나오는데 갑자기 "나 정말 사랑에 빠졌나봐. 아까 너밖에 안 보였어."라고 말했을 때

열 둘. 얼굴에 기미, 주근깨 제거 시술했다고 일주일간 못 본다고 하니까 얼굴 안 보여준다고 나한테 잔인하다며 뭐라고 했을 때

열 셋. 갑자기 홍대에서 영화 보고 싶다는 말에 약속 미루고 나타나 '으이구, 내가 너 때문에 못 산다'라고 웃었을 때

열 넷. 지하철에 가방 두고 내려서 걱정하고 있는데 가방 찾아서 들고 나타났을 때(두 번)

열 다섯. 영화 볼 때 손 받침 올리고 내 옆에 붙어 앉을 때, 잔인한 장

면 나와서 눈 감으면 가려줄 때

열 여섯. 자려고 침대 누웠는데 '괜찮아 안 나와도 돼. 그냥 여기서 통화하다가 가려고' 그러고 우리 집 앞에서 통화하다가 갔을 때

열 일곱. 너를 기다리다가 신발 끈이 풀려서 묶고 있는데 갑자기 나타나서 다른 한쪽 끈도 묶어줬을 때

열 여덟. 집 앞에 장미꽃과 약을 두고 갔을 때

열 아홉. 운전하다가 머리 쓰다듬을 때

스물. 저녁 안 먹었다고, 배고프다고 하니까 카페에 고구마 삶아 와서 많이 먹으라고 했을 때

고마워. 많이.

제일 좋은 건
사람과 함께할 일상

해바라기, 〈그대 내게 행복을 주는 사람〉

내가 가는 길이 험하고 멀지라도
그대 함께 간다면 좋겠네
우리 가는 길에 아침 햇살 비추면
행복하다고 말해주겠네

이리저리 둘러봐도 제일 좋은 건
그대와 함께 있는 것
그대 내게 행복을 주는 사람
내가 가는 길이 험하고 멀지라도
그대 내게 행복을 주는 사람

때론 지루하고 외로운 길이라도
그대 함께 간다면 좋겠네
때론 즐거움에 웃음 짓는 나날이어서
행복하다고 말해주겠네

이리저리 둘러봐도 제일 좋은 건
그대와 함께 있는 것
그대 내게 행복을 주는 사람
내가 가는 길이 험하고 멀지라도
그대 내게 행복을 주는 사람

그대 내게 행복을 주는 사람
그대 내게 행복을 주는 사람

남편과 함께 길을 많이 걷고 싶다. 봄이 오면 같이 꽃 몽우리에 감탄하고 싶고, 여름이 오면 그 사람 뒤에 초록의 배경을 보고 싶고, 가을이 오면 낙엽을 줍고 싶고, 눈이 오면 발자국을 남기면서 그렇게 많이 걷고 싶다.

토요일 오후, 그 사람이 거실에서 TV를 보다가, 혹은 책을 읽다가 잠이 들면 조용히 나는 차를 마시며, 그의 얼굴을 보다가 이내 나의 일을 하고 싶다. 그저 같은 공간에 있는 것만으로 행복하고 싶다.

아이가 생긴다면, 정말 내게도 그런 일이 생긴다면 내 손으로 아이를 목욕시켜 주고, 기저귀를 갈아주고, 젖을 주면서 내가 더욱 이 세상에 존재해야만 하는 이유가 되어 준 그 아이를 위해, 아니 그런 의미가 아니어도 존재 자체만으로 소중한 아이를 위해 세상에서 가장 따뜻한 포옹과 온 마음을 다한 기도를 해주고 싶다. 사랑해주고 싶다.

마음뿐인 효가 아니라, 시름을 덜어주는 딸로서, 의지할 수 있는 딸로 그렇게 든든한 울타리가 되어 거친 부모님의 손등을 쓰다듬어 드리고 싶다.

사람들이 내게 양해를 구해야 할 때, 두려움 없이 솔직하게 말을 하고, 또 속내도 털어놓을 수 있는 그런 믿음을 내게 가져줬으면, 그래서 그 사람들과 지속적으로 만나며 살고 싶다. 꼭 많은 사람이 아니어도.

시기마다, 계절마다 남편과 즐거운 대화를 하고 싶다.

음식을 먹을 때 꼭꼭 씹으면서 맛있다고 많이 말하고 싶다.

TV를 보면서 가족들과 자지러지게 웃고 싶다. 아이들이 커서 춤을 추고, 노래를 하는 것을 보고 배를 잡고 웃고 싶다.

가끔 아내로 살고, 엄마로 사는 게 힘이 들어 속이 상할 때는 많이 울지 말고, 따뜻한 우유와 코코아로 마음을 다스리며 일기를 쓰고 싶다.

부모님들께 급하게 준비한 선물 말고, 부모님을 보며 자연스럽게 '해드려야지…' 하는 물건을 드리면서 마음도 드리고 싶다.

아이들과 남편과 데이트했을 때처럼 많이 돌아다녀 보고 싶다. 나도 처음부터 같이 배우고 싶다.

찾아오고, 떠나가고, 함께 일을 하고, 인사하는 사람들에게 좋은 일이 있기를 바라주며, 나는 내게 주신 길을 즐겁게 살고 싶다. 계속 꿈을 꾸고 싶다.

바가지를 긁지 않고 싶다. 그런 식으로 내 인생까지 한탄스러워하고 싶지 않다.

늘 정신을 가다듬고, 깔끔하고, 단정하고 싶다. 시간이 지나도 밝고 따뜻한 색을 소화하고 싶다.

좋은 마음으로 사람을 보고 싶다.

대가를 바라지 않는 선행을 가족들과 해보고 싶다.

별 거 아닌 인간이면서 자존심 부리지 말고, 내가 사랑하는 사람들에게 사랑한다고 계속해서 말하고 싶다. 나의 사랑이 부디 이기적이지 않고, 그들을 기쁘게 했으면 좋겠다.

권태기

From.U.
〈권태기가 왔나봐〉

언제부털까 너와 나 눈도 잘 마주치지 않아
의무적인 Q&A 잠은 잘 잤니 밥은 먹었니

오늘도 똑같은 옷에 수염이 자라도 자르지 않아
다 귀찮아졌어 우린 더 이상 설레지 않아

권태기가 왔나봐 너의 숨소리조차 귀에 거슬려서 권태기가 맞나봐
너의 털끝 하나도 건드리고 싶지 않아

어디서부터 너와 나 어긋나기 시작한걸까
반복되는 다툼 끝 이젠 헤어짐만 생각하게 돼

많은 걸 바라지 않아 우린 너무 멀리 온 거야
어색해진 대화 속 우리 이대로 정말 괜찮을까

권태기가 왔나봐 너의 눈 코 입 모두 예쁘지가 않아 권태기가 맞나 봐
다른 사람도 한번 만나보고 싶어졌어

지겹도록 싸우고 죽을 만큼 미워해도
너와 함께했던 시간들 놓치고 싶진 않아

권태기가 왔나 봐 권태기가 끝나면 첫 마음 그대로 다시 돌아가서
사랑한다 말할게 아주 잠깐일거야
너와 내가 멈춘 시간

가끔은 관망.

권태기가 온 것 같다. 어제 그와 다퉜는데 아무렇지 않다. 속상하지도 않고, 뭘 해야겠다는 생각도 들지 않고, 그냥 좀 지겹다. 사랑이 이런 것일까? 처음에 설레며 했던 말과 약속들은 그때 사건의 비중과 각오를 떠나 그저 처음이니까 할 수 있는 것들로 전락되는 기분이다.

한 모금.

어쩌면 그도 이렇게 변하지 않는 걸까? 잘하는 부분이 있어도 결정적으로 싫어하는 부분을 계속 언급했으면 좀 고쳐야 하는 거 아닌가? 그 문제로 부딪히면서 해가 바뀌었다. 노력하지 않는 건 아니지만…

후. 한 모금.

나에게도 뭔가 변화가 필요한 시점인 것 같다. 그의 앞에선 나의 모습이 마음에 들지 않는다. 조금 더 생기 있고, 발랄했으면 좋겠다. 설레고 즐거울 줄만 알았는데 예상보다 많이 울고 싸우다 보니 살도 많이 빠지고, 머리도 많이 빠지는 것 같다. 그렇게 나이 든 게 억울하긴 하지만 다시 한 번 사랑에 빠지길 기대하면 안 되는 걸까?

한 모금.
완벽한 사람이 있을까?

한 모금.
어쩌면 나는 그가 지겨운 게 아니라 내가 지겨운 건 아닐까?

한 모금,
그리고 이 노래 한 모금

Take it slow, This time we'll take it slow

잠시 쉬자. 그 사람도 특별한 사람이 아니라 평범한 사람인데.
오늘은 내가 하고 싶은 거 하면서 재미있게 보내자.
내일을 위해,
오늘은 그와 잠시 거리를.

만 원의 행복

옥상달빛, 〈없는 게 메리트〉

없는 게 메리트라네, 난.
있는 게 젊음이라네, 난.
두 팔을 벌려 세상을 다 껴안고
난 달려갈 거야.
나는 가진 게 없어 손해 볼게 없다네, 난.
정말 괜찮아요. 그리 슬프진 않아요.
주머니 속에 용기를 꺼내보고
오늘도 웃는다. 그래.
없는 게 메리트라네, 난.
있는 게 젊음이라네, 난.
두 팔을 벌려 세상을 다 껴안고
난 달려갈 거야.
어제 밤도 생각해봤어.
어쩌면 나는 벌써 겁내는 거라고.
오늘은 나 눈물을 참고 힘을 내야지.
포기하기엔 아직은 나의 젊음이 찬란해.
없는 게 메리트라네, 난.
있는 게 젊음이라네, 난.
두 팔을 벌려 세상을 다 껴안고
난 달려갈 거야.
난 달려갈 거야.
난 없는 게 메리트.

나는 가진 게 없어 손해 볼게 없다네, 난
정말 괜찮아요. 그리 슬프진 않아요
주머니 속에 용기를 꺼내보고
오늘도 웃는다. 그래
없는 게 메리트라네, 난

나는 돈을 잘 안 쓴다.

자취를 하다 보니 기본적으로 친구들보다 나가는 돈이 더 있어서 대학생 때부터 그랬다. 진짜 지금까지 나간 월세를 모았으면 전셋집이라도 구할 수 있다. 회사에 다니면서부터는 교통비, 통신비, 간혹 사람들을 만나 밥을 먹거나 책을 사는 돈 외에 나머지는 다 적금을 했다. 조금 무리하게 돈을 모으는 느낌도 있지만 그래도 뿌듯하다. 가끔 배가 고픈데 돈이 적금 통장에 다 이체돼 버렸을 때 빼고는.

그 날은 회사에 휴가를 내고 건강검진을 받은 날이었다. 건강검진을 잘 받기 위해 그 전날 저녁부터 물 말고 아무것도 먹지 않았다. 검진이 마칠 즈음부터 머릿속에는 끝나고 뭘 먹을까 생각뿐이었다. 병원에서 나와 어디를 갈까 생각을 하다가 혹시 해서 통장 잔고를 확인해 보니 아뿔싸. 모든 돈이 또 통장에 이체돼버렸다. 어떻게 하지. 당장 신용카드를 만들긴 싫고. 그런데 마침 남자친구에게 전화가 왔다.

"건강검진 잘 받았어?"

"어. 나 무지 건강하대. 근데…"

창피하지만 정말 배가 고팠다.

"나 뭐라도 사 먹고 싶은데 정말 돈이 없어서… 돈 좀 부쳐줄 수 있니?"

"아이고. 근데 어떻게 하냐. 나도 지금 돈이 많진 않아서. 내가 만 원만 이체해줘도 될까?"

'아… 그렇구나.'

"당연하지. 진짜 고마워."

전화를 끊고 생각해보니 일을 그만두고, 최근 이직을 해서 남자친구가 돈이 많진 않을 거라는 생각이 들긴 했는데 정말 그랬다니 좀 짠했다. 처음 연애를 할 때는 정말 앞뒤 안 가리고 돈을 썼던 남자친구. 하루는 지방에 계신 남자친구의 아버지가 연락이 왔단다. 요즘 무슨 일이 있느냐며. 핸드폰 비용이 80만 원이 나왔다며. 주소지를 변경하지 않아 요금명세서가 지방에 계신 부모님께 갔는데 첫 달 남자친구가 내게 그렇게나 많이 전화를 한 거였다. 다행히 요즘은 전보다 경제 관념이 생겨서 적금도 하고, 참을 줄도 안다.

조금 있다가 핸드폰으로 돈이 입금됐다는 알림이 왔다. 뭘 먹을까 고민하다가 눈앞에 패스트푸드점이 보였다. '흐흐흐흐. 오랜만에 어린이 입맛 좀 돼볼까' 매장에 들어가는데 남자친구에게 메시지가 왔다.
넣었어. 내가 돈이 없어서 미안하다. 뭐 먹을 거야?
햄버거 먹으려고. ㅎㅎㅎ
갑자기 전화가 왔다.
"야, 밥 먹어. 밥. 무슨 햄버거야. 어제 저녁부터 굶어놓고 밥을 먹어야지."
"왜 그래. 나는 이게 먹고 싶은데. 가깝단 말이야. 여기 다른 식당도 잘 안 보이고…"
남자친구는 물러서지 않고 계속 잔소리를 하고, 나는 지금 이게 먹고 싶다고 하고. 결국 나는 남자친구의 뜻에 따라 횡단보도를 건너고 다른 골목을 떠돌다가 혼자 밥 먹는 사람이 한 사람도 없는 식당에 들어가 순두부찌개를 시켰다. 그리고 인증 사진까지 찍어 보냈다.

먹으면서 만 원이라도 이렇게 사 먹을 수 있다는 게 참 감사하고, 이렇게 비빌 구석이라도 있다는 것도 다행스러웠다. 언젠가 만 원 이체해주고, 인증사진 찍어서 보내던 일 가지고 웃으며 이야기할 날이 오겠지. 아직 우리가 얼마나 부자가 될지는 모를 일이다.

야라고 하지 마

 자두,
〈대화가 필요해〉

또 왜 그러는데? 뭐가 못마땅한데?
할 말 있으면 터놓고 말해봐 .

너 많이 변했어.

내가 뭘 어쨌는데?

첨엔 안 그랬는데.

첨에 어땠었는데?

요새는 내가 하는 말투랑 화장과 머리 옷 입는 것까지
다 짜증나나봐.

그건 니 생각이야.

우리 서로 사랑한지도 어느덧 10개월

매일 보는 얼굴, 싫증도 나겠지.
나도 너처럼 나 좋다는 사람 많이 줄 섰어.

간다는 사람 잡지 않아 어디 한 번 잘해봐.

근데 그놈의 정이 뭔지 내 뜻대로 안 돼.
맘은 끝인데 몸이 따르질 않아.
아마 이런 게 사랑인가봐. 널 사랑하나봐.

지금부터 내 말을 들어봐.
넌 집착이 심해.

그건 집착이 아냐.

나를 너무너무 구속해.

그럼 너도 나를 구속해.

우리 결혼한 사이도 아닌데 마치 와이프처럼 모든 걸 간섭해.

너의 관심 끌고 싶어서 내 정든 긴 머리
짧게 치고서 웨이브 줬더니
한심스러운 너의 목소리, 나이 들어 보여.

난 너의 긴 머리 때문에 너를 좋아했는데,

니가 너무 보고 싶어서 전화를 걸어
날 사랑하냐고 물어봤더니
귀찮은 듯한 너의 목소리, 나 지금 바빠.

듣고 보니 내가 너무 미안해.

대화가 필요해.

이럴 바엔 우리 헤어져.

내가 너를 너무 몰랐어.

그런 말로 넘어가지마.

항상 내 곁에 있어서 너의 소중함과 고마움까지도 다 잊고 살았어.

대화가 필요해. 우린 대화가 부족해.
서로 사랑하면서도 사소한 오해 맘에 없는 말들로
서로 힘들게 해.

너를 너무 사랑해.

대화가 필요해.

"나는 화가 날 때 '야'라고 하는 남자와 좋은 미래를 상상할 수 없어."

엄청나게 심각했다. 나도 이번에는 정말 헤어져야겠다는 생각이 들었다. 나는 남자친구가 '야, 너, 니'라고 하는 게 싫다. 특히, '야', '너는 항상', 그리고 소리치는 거. 그건 아니라고 생각했다. 말뿐이었던 헤어지자는 말을 작정하고 말했다.

"그래. 그럼 우리가 지금까지 같이 한 시간을 생각해서라도 얼굴 보고 보내줘."
지금 생각해보면 내가 또 넘어간 것이지만 카톡으로 메시지를 남기고 가슴을 멍이 남도록 하고 싶진 않았다. 그래서 나갔다. 공원 벤치에 나란히 앉은 우리는 한동안 말이 없었다. 그러다 갑자기 남자친구가 땅바닥에 무릎을 꿇더니 울기 시작했다. 그것도 눈물과 콧물을 다 흘려가며 꺼이꺼이 울었다.
"생각해봐라. 나는 너를 못 보고는 못 살겠다."
그러곤 계속 울었다. 지나가는 사람들이 다 쳐다보고, 놀랄 만큼 울었다. 그걸 놀라서 멍하니 바라보다가 '나중에 이날을 뒤돌아봤을 때 이 친구가 얼마나 민망할까 무릎까지 꿇었는데…'라는 측은지심이 들었다. 이렇게까지 했는데 돌아선 매정한 여자라고 나를 원망하지 않을까 덜컥 겁도 났다. 그래서 일단 일으키기로 했다. 그래서 나도 무릎을 꿇었다. 그가 일어날 때까지 나도 일어나지 않겠다는 기세로.
"네가 왜 무릎을 꿇어…"
그가 얼굴을 들었다. 나는 확실히 할 필요를 느꼈다.
"나, 목걸이 뺐어."
다시 고이는 눈물, 고개를 떨구고 다시 울기 시작했다.
"다른 여자들은 모르겠어. 그런데 야라는 말을 하는 남자가 나를 사랑한다고는 못 믿겠다. 그 정도는 괜찮다고 생각한다면 그건 너랑 내 기준이 다른 거야. 다른데 계속 끌고 간다면 서로에게 상처만 될 거고. 그래서…"
"다 뜯어고칠게."
'진짜 변할 수 있는 것일까? 원래 그런 사람인 건 아닐까?'

"나 그런 거 자주 있는 일 아니잖아. 나도 노력하고 있는데 무의식중에 튀어나왔어. 정말 다 뜯어 고칠게. 너한테 치마 짧다고도 안 할게. 다른 남자 이야기하지 말라고도 안 할게. 그냥 옆에만 있어줘."

믿어지지 않았다.

"집에 가고 싶어"

나는 일어났다. 그도 따라 일어났다. 말없이 집까지 왔다.

"잠깐만 기다려줘."

그는 급히 뛰어갔다. 그리고 돌아왔을 때 들려있던 '두유'.

"미안해, 가게에 따뜻한 두유가 없더라고. 이거라도…"

말없이 돌아서서 집에 들어왔다. 그리고 방에 돌아오자 나도 모르게 뚜껑을 땄다. 다 마실 때쯤,

'지켜볼까?'

아, 정말 사람이 변할 수 있을까? 모르겠다. 변화가 있는 진실한 대화가 오갔으면 좋겠다. 우리 사이에.

Spiegel Im Spiegel
(거울 속의 거울)

 아르보 패르트의,

〈거울 속의 거울〉

아르보 패르트의 〈거울 속의 거울〉.
이 음악을 들으면 '방향성'에 대해 생각해 보게 된다.

서른 살이다. 한자로 서른은 이립이라고 한다. 인생의 가치관이 서는 나이라고 한다. 그렇다면 나의 가치관은 무엇일까? 내가 세상을 사는 동안 어떻게 살지 정한 부분은 무엇일까? 오히려 대학을 다닐 때는 어떻게 살아야겠다는 인생관이 지금부터 더 뚜렷했던 것 같다. 사람 중심으로 살고 싶었고, 가능한 많은 범위의 사람을 돕고 싶었다. 다른 사람들을 돕는 것만큼 인생을 의미 있게 만들어주는 것이 없는 것 같다고 생각을 했었다.

그런데 사회생활을 하고, 여러 사람을 만나면서 지금은 지나치게 사람들의 평가에 매몰되고 있는 나를 발견하게 된다. 좋게 말하면 사회생활을 좀 알게 된 것이고, 나쁘게 말하면 용기가 없어졌다. 어울리되 휩쓸리지 않을 수 없을까? 어느 정도의 방향성은 있어야 하지 않을까? 지금 나의 인생을 끌고 가는 것은 무엇일까?
부드러운 바이올린 소리. 그 흐름을 받쳐주는 규칙적인 피아노 연주. 단락 단락을 매듭짓는 피아노의 무거운 '짠'.

이 음악이 인생과 닮았다.
나의 유약함, 불안한 심리와 달리 피아노와 바이올린의 소리가 참 안정적이다. 서로의 테두리 안에서 벗어나지 않고 하나의 음을 만들어낸다. 받쳐주고, 당겨주고. 그러면서 무거운 '짠'이 있은 후에는 다시 시작되는 멜로디. 그렇게 음악이 완성돼간다.

바이올린 연주처럼 인생이 올라갔다가 내려갔다가 한다. 그리고 규칙적인 피아노 소리가 바이올린 연주와 어울려진다. 아니, 바이올린을 잡아준다. 이탈하지 않도록. 나의 인생도 피아노처럼 잡아주는 무언가가 있었으면. 방향성이 있었으면. 내려가는 순간이 있더라도 최소한 목적지는 바라봤으면. 그래서 순간순간의 멋있는 '짠'이 있었으면. 감동이 있었으면.

어쩌면 나의 인생을 통제하고픈 나의 바람이 지나친 욕심일 수 있다. 생각보다 많은 사람이 자기가 선택하지도 않은 것들에 의해서 예상치 못한 모양으로 살아가고 있더라. 그렇기에 내가 아직 스스로 선택할 수 있는 것들이 있는 내 나이가 정말 감사하다.

어떤 음을 칠지, 어떤 선을 당길지가 음악을 만드는 요소라면, 어떤 선택을 하는 가가 나의 인생을 만들겠지. 그리고 그 선택에 대한 책임은 오롯이 나의 몫이겠지.

하나, 둘, 셋, 하나, 둘, 셋 지나간다.
하나, 둘, 셋, 하나, 둘, 셋 올라간다.
하나, 둘, 셋, 하나, 둘, 셋 내려간다. 응.

오늘도 지나갔다.
어느 방향으로 갈 것인가? 어떤 가치를 추구할 것인가?
목마른 심정으로 오늘 저녁도 저 질문에 대한 답을 찾고 있다. 그리고 그게 '사랑'과 가까웠으면 좋겠다는 바람이 생겼다. 다른 건 좀 허무할 것 같다.

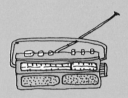

Part 2

걱정말아요 그대

뜬금없이 맞이한 이별도
뜬금없이 내린 소나기처럼
이것 또한 지나가리라
그렇게
'허' 하며
비를 맞고 서 있다

숨바꼭질

배치기,
〈눈물샤워〉

그대 눈에 보였죠, 넘실거리는 슬픈 내 눈물이.
아직 가슴에 차고 남아 한 없이 두 볼에 흐르고 있죠.

지지리도 궁상이지. 애써 짓는 미소조차 이리 울상인지.
글썽이는 두 눈에 맺힌 내 처량한 모습 이리 불쌍한지.
자꾸 멍해져 목젖부터 울컥거리는 게 툭 치면 눈물이 쏟아질 것 같애.
내가 나를 알기에 널 잡지 못했던 후회 속에 질질 짜는 못난 놈
왜 난 너에게 좀 더 나은 사람이 될 수 없었는지에 대한 한탄 속에
왜 난 떠나가는 너의 뒷모습을 바라보기만 할 수밖에 없던 자책 속에
마지막엔 알아야 했어 너의 이기적인 가슴은 다른 설레임을 원한 걸
우는 와중에도 밥은 넘기는 거 보니, 그래도 계속 살고 싶긴 한가 보네.

그대 눈에 보였죠. 넘실거리는 슬픈 내 눈물이
아직 가슴에 차고 남아 한 없이 두 볼에 흐르고 있죠.

아무 일 없는 듯 웃고 싶어요. 날 감싸는 추억이 또 날 붙잡죠.
이 눈물이 그대의 두 눈에도 흐르고 있을까요.

처음엔 한 방울, 한 방울. 그러다 왈칵 쏟아지며 한참을
쥐뿔도 뭐 없는 내 꼴을 알기에 아쉬움도 갖지 못해 한탄을
아직도 남은 네 존재를 억지로 떨궈낸 내 속이 타는데
냉정히 날 두고 떠나갈 만큼 나 형편없는 남자였나.
기다려 달란 말도 지친다. 기약 없는 말
더는 널 묶어둘 자신도 모면할 핑계도 댈 수가 없어서

더 감추지 못한 채 모자란 모습만 네게 보이고 마는데
지지리도 못나고 꼬질한 내 모습 눈물로 씻어내 보낸다.

그대 눈에 보였죠. 넘실거리는 슬픈 내 눈물이
아직 가슴에 차고 남아 한 없이 두 볼에 흐르고 있죠.

애꿎은 눈물만 흘리는 날 놔줘 네 품이 아닌 곳에 이제 날 놔줘.
후회와 지나간 날들의 기억 속에 갇혀 가슴 아픈 나.

청승맞게 불 꺼 놓고 이불을 머리끝까지 덮어 놓고
베개 위에 얼굴 엎어 놓고 샤워해 샤워 눈물 샤워

청승맞게 불 꺼 놓고 이불을 머리끝까지 덮어 놓고
베개 위에 얼굴 엎어 놓고 샤워해 샤워 눈물 샤워

그대 눈에 보였죠. 넘실거리는 슬픈 내 눈물이
아직 가슴에 차고 남아 한 없이 두 볼에 흐르고 있죠.

11시 반
억지로 버티던 사무실 책상을 정리하고,
서랍을 잠그고,
사무실 TV를 끄고, 불을 끄고 나오지.

계단을 내려가서 회사를 나서서
차가 없어서 지하철역으로 가.

                                                    아직.

지하철역에 도착해서 교통카드를 찍고
지하철을 타.

                                                    아직 안 돼.

신문도 읽고, 책도 읽고 계속 뭔가를 집어넣어.
미래를 위한 투자지.

                                              아직, 아직, 아직 제발.

그리고 집 근처 역에 도착해.
사람들이 우르르 빠져나가.
계단을 오르고 역 출구에서 집으로 가는 길.
화려했던 도시를 뒤로 하고, 집으로 가는 길은 점점 초라하지.

그래. 조금.

옷가게, 미용실. 동네 슈퍼를 지나.
내가 사는 좁아터진 집이 보여.
불이 꺼졌네. 어두워.
그래 괜찮아.

그래 이제 괜찮다.
.
.
.
여기서 좀 울다 들어가자.

오늘의 날씨
: 진짜 뜬금없음

🍪 10cm,
〈10월의 날씨〉

오늘의 날씨는 그리 맑지 않지만
선선한 바람이 불어 포근합니다.
오늘의 날씨를 난 믿지 않지만
참 오랜만에 외출을 준비합니다.
용기를 내 거리를 나와보니
괜히 나만 우울했나 봐.
젖은 우산 같던 마음도 마를 것 같아.
기분 좋은 남들처럼
아름답기만 한 하루가
이제 시작될 줄 알았는데.
뜬금없이 구름이 몰려 또 한바탕 소나기를 뿌리고
우산 따위 있을 리 없지.
오늘 분명히 비는 없다 했는데.
그랬는데.

오늘의 날씨를 누가 믿느냐고
아무것도 모르면서 웃지 말아요.
빗물이 내리면 눈물이 흐르는
사연 하나 없는 사람은 없으니까요.
고갤 들어 주위를 둘러보니
괜히 나만 우울한가 봐.
사람들은 하나같이 웃는 것 같아.
기분 좋은 남들처럼 아름답기만 한 하루가
나도 시작될 줄 알았는데

뜬금없이 구름이 몰려 또 한바탕 소나기를 뿌리고
우산 따위 있을 리 없지
오늘 분명히 비는 없다 했는데
사람들이 이상한 건지.
아님 나 혼자 이상하게 아픈지.
나 어떡하지 어디로 가지.
오늘 분명히 비는 없다 했는데.
그랬는데.

6년을 함께 한 그녀와 결혼 준비를 하다가 헤어졌다.
그녀가 생각하는 평수
그녀의 어머니가 생각하는 평수
나의 어머니가 생각하는 태도
내가 기대한 그녀의 말
다 달랐다.
우리의 스물여섯, 스물일곱, 스물여덟, 스물아홉,
그리고 서른, 서른하나
빛나는 청춘의 극장은 허무하게 막을 내리고, 그녀는 없다.

잡아보려고, 해결해보려고 할수록 쳇바퀴 돌 듯 무력감만 느낀 채,
나의 삶의 한 덩이가 떨어져 나가는 상실감에 두 눈을 질끈 감고,
'이런 걸 두고 인연은 따로 있다고 하는 것인가…'
텁텁한 가슴을 옷으로 칭칭 감고, 하루 더 멀어지는 그녀를 내버려두고 있다.

사랑, 많이 줘보기도 하고, 상처도 받아보고 해야지.
결국 이것도 의미 없는 시간은 아니겠지.
가장 중요한 건 결국 자기 자신이겠지.
다른 사람들이 아무리 좋아도 자기가 싫으면 그만이고,
다른 사람들이 아무리 싫어도 자기가 좋으면 그만이지.
지금은 결국 각자 행복만 생각해봐야겠지.

그렇게 한 달째 알코올로 자기최면을 걸며 억지로 나를 재우고 있다.

그나마 좋았던 시간은 추억으로 남겠지만,
중요한 건 결국 잊혀 진다는 것.
지나가면 다들 언제 그랬냐는 듯이 잘들 산다는 것.

뜬금없이 맞이한 이별도
뜬금없이 내린 소나기처럼

이것 또한 지나가리라.

그렇게
'허'하며
비를 맞고 서 있다.

걱정말아요 그대

이적, 〈걱정말아요 그대〉

그대여 아무 걱정하지 말아요.
우리 함께 노래합시다.
그대 아픈 기억들 모두 그대여
그대 가슴에 깊이 묻어버리고.

지나간 것은 지나간 대로
그런 의미가 있죠.
떠난 이에게 노래하세요.
후회 없이 사랑했노라 말해요.

그대는 너무 힘든 일이 많았죠.
새로움을 잃어버렸죠.
그대 슬픈 얘기들 모두 그대여
그대 탓으로 훌훌 털어버리고

지나간 것은 지나간 대로
그런 의미가 있죠.
우리 다함께 노래합시다.
새로운 꿈을 꾸었다 말해요.

지나간 것은 지나간 대로
그런 의미가 있죠.
우리 다함께 노래합시다.
새로운 꿈을 꾸었다 말해요.

지나간 것은 지나간 대로
그런 의미가 있죠
떠난 이에게 노래하세요
후회 없이 사랑했노라 말해요

대학교 4학년 때 처음으로 차였습니다. 정말 황당하고 급작스럽게 이별을 통보받았어요. 그 사람은 제가 했던 말 때문에 자기가 상처를 받았다고 했는데, 지금 생각하면 저도 대화에 미숙했고 이성적 매력을 드러낼 줄 몰라서였던 것 같아요.

그런데 정말 간이라도 빼줄 것처럼 꿀 발린 말을 하던 그의 모습과 이별을 말하는 그의 모습이 너무 대조돼서 충격을 많이 받았어요. 주변 사람들이 제가 차였다는 걸 알게 되는 것도 솔직히 자존심이 상했고요. 그런데 무슨 이유인지 친구들과 선·후배는 으레 제가 남자친구를 찬 것으로 알더라고요. 심지어 '그 오빠는 좋아하는 사람이 너무 자주 바뀌더라. 잘 결정했어'라고 했습니다.

그리고 한 달 후, 그가 또다시 새로운 여자에게 호감을 표현하고 다닌다는 것을 전해 들었습니다. 실망과 혐오감. 진심을 팔고 다니는 그도 그렇지만 순진하게 그의 말에 넘어간 제가 더 미웠습니다. 욕실에 들어가 세수를 하는데 갑자기 울음이 터졌습니다. 정말 이를 갈면서 울었습니다. 제가 남자라면 그의 멱살을 잡고 주먹질을 하고 싶다는 강한 충동까지 느끼면서.

그때, 누군가 다급하게 저희 집 현관문을 두드렸습니다.
"저기요. 저기요. 쾅쾅쾅"
"…누구세요?"
"윗집 사는 사람인데요. 무슨 일 있으세요? 어, 너무 많이 우셔서요."
"……"
고개를 돌려 시계를 보니 욕실에 들어간 지 사십 분이 됐더라고요. 대낮에 다른 사람들은 다 나가고 백수인 주인집 아들이 놀라서 1층으로 내려온 것이었습니다. 순간 그의 팔과 어깨에 새겨져 있는 문신이 떠올라
"아, 네. 별일 아니에요."
라고 목소리를 다급하게 가다듬고 답했습니다. 잔뜩 긴장해서 그의 다음 반응을 기다리는데

"아, 예. 너무 우셔가지고요. 알겠습니다."
머뭇거리더니 그는 올라갔습니다.
'덩치는 산만해가지고, 나름 귀여우신데?…'라는 생각과 동시에 정신이 돌아왔습니다. 그리고 갑자기 그 생각에 피식 웃음이 새 나왔습니다. 너무 울었는지 배까지 고프더라고요. 된장이랑 고추장 넣고 팍팍 비벼서 밥부터 먹었습니다. 그 후로 정말 신기할 정도로 씩씩하게 아주 잘살고 있습니다.

뭐 이런 황당한 결말이 있나 싶겠지만, 그 날 전 '그래도 웃음이 나오네, 배가 고프구나, 인생 뭐 살아지는구나. 이것도 다 의미가 있겠지'라는 깨달음을 얻은 것 같습니다. 지금 너무 고통스럽고, 이가 갈리는 분노 속에 갇혀있는 분이 있다면 참지 말고, 엉엉 우시라고, 더 이상 울 순 없겠다 싶을 정도로 우시라고 감히 위로를 건네고 싶어요. 이 노래 가사와 함께.

지나간 것은 지나간 대로
그런 의미가 있죠.
우리 다함께 노래합시다.
새로운 꿈을 꾸었다 말해요.

전화기 너머 그녀에게

DJ DOC,
〈비애〉

어제 널 닮은 여자애를 봤어.
물론 네가 아닌 줄 알았으면서도
왜 자꾸 보게 되는 건지. 왜 또 너 생각이 나는 건지.
가끔은 너 생각이 너무 많이 나서 외로워. 참 괴로웠나.

아프고 힘들 때 그리고 외롭다고 느낄 때
오늘처럼 비라도 오는 밤이면 우리같이 듣던 CD-VIDEO

네가 좋아했던 모든 것들이
널 생각나게 해. 날 힘들게 해.
우리 다시 옛날로 돌아갈 수 없나.

이제와 나 후회해봐. 오늘밤도 잠 못 드네.
뒤척이네. 널 그리워하네.

비가 와. 잠도 안 와. 이럴 때 정말 너 생각이 나.
그러다 복받쳐 올라 자꾸 눈물이 나와.

오늘 우연히 너 얘길 들었어.
너 다른 사람 만난다며. (그래야겠지.)
어쩔 수 없지. (라고 생각하면서 나 술 한 잔 했지.)

널 지우려 애써 보지만 여전히 난 너에 대한 그리움만
(널 잊어야 한다는 부담)

오늘도 잠 못 드는 이 밤
(변해가는 세상 변해가는 사람들 그 속에 우리 둘)

우리들이 정말 사랑했었나. 왜 우린 헤어졌나.
그렇게 돼버린 우리 사연 그렇게 끊어진 우리 인연 생각해 봤자
후회해 봤자 잊자 잊자 지워버리자.

비가 와. 잠도 안 와. 이럴 때 정말 너 생각이 나.
그러다 복받쳐 올라. 자꾸 눈물이 나와.
비가 와. 잠도 안 와. 이럴 때 정말 너 생각이 나.
그러다 복받쳐 올라. 자꾸 눈물이 나와.

이렇게 (힘들 줄은 몰랐어)
널 그렇게 (보내는 게 아니었어)
힘들어 많이 힘들어 너도 힘들었을 걸
생각하니 많이 맘이 아퍼.
네가 정말 보고 싶어. 널 안고 싶어.

하지만 이젠 그럴 순 없어.
이런 내 현실에 비참해. 너무나 외롭고 쓸쓸해.

비가 와. 잠도 안 와. 이럴 때 정말 너 생각이 나.
그러다 복받쳐 올라. 자꾸 눈물이 나와.

짝사랑하는 여자가 있었습니다. 중학교 1학년 때 처음 나간 학원에서 만난 뒤 계속 좋아했습니다. 긴 생머리에 하얀 피부, 환한 미소. 워낙 예뻐서 저 말고도 좋아하는 남자들이 많았어요. 지나가면 사람들이 다시 뒤돌아서 쳐다보는 그런 아이였어요. 제가 원래 하나에 꽂히면 다른 건 눈에 안 들어오거든요.

다 지켜봤어요. 그 애가 학원 그만둘 때까지 나도 다니고, 일부러 그녀가 학교 마치는 시간에 서둘러 가서 그 주변을 기웃거렸어요. 지나가면서 혹시라도 마주치면 기분이 좋았거든요. 종종 잠들기 전에 공부하다가 지치면 그녀의 싸이월드 미니홈피 방명록에 인사를 남겼어요. 어디를 다녀와서 즐거워 보이는 사진을 올리면 같이 즐거워하고, 다이어리에 의미심장한 글을 남기면 누구를 향한 말일까? 무슨 일일까? 궁금하면서도 몇 번을 썼다가 지우며 '잘 지내? 날씨 추워졌다. 감기 조심해'라고 남길 뿐이었죠. 그녀도 제가 좋아하는 건 알고 있었어요. 매년 빼빼로데이, 화이트데이를 챙겨서 선물을 줬으니까요. 뭘 바란 건 아니었어요. 사귀자고 한 것도 아니고, 그냥 제가 좋아서 했습니다. 친구들이 그러더라고요. 걔는 네가 좋아하는 걸 즐기는 거라고요. 상관없었습니다.

그녀가 만나는 사람이 생겼을 때도, 상처받지만 않길 바랐습니다. 그리고 저는 군대에 갔습니다. 그곳에서도 어김없이 또 그녀에게 전화를 했어요.
"어, 나 상혁이. 뭐해? 잘 지내?"
전화기 너머로 들려오는 밝고 명랑한 목소리. '시험 기간이라 도서관에 왔는데 공부가 잘 안 된다. 한 시간째 놀고 있어.' 언제나 착하게, 그러나 착각하지 않게 나를 받아줬어요. 그렇게 해가 가고, 다른 해를 군대에서 맞이하면서 저는 생각이 많아졌습니다. 현실, 나의 미래, 가족. 그러면서 그녀를 바라던 마음을 접어야겠다는 생각이 들더군요. 각오를 하거나, 힘들게 결정한 게 아니었어요. 그녀를 바라고, 그녀를 좋아하면서 지낸 유년기와 청소년기를 떠나보내야 할 때가 왔던 것 같아요. 마음이 서자, 마지막으로 그녀에게 마음을 전하고 싶었습니다. 노래로요. 군대에서 마지막으로 그녀에게 전활 걸어 들려줬던 노래가 이 노래입니다. DJ DOC의 〈비애〉요.

아무 말도 하지 않았습니다. 그녀가 전화를 받는 신호가 들리자 이 노래를 재생시켜 수화기에 댄 채 그냥 그렇게 있었어요. 그녀도 아무 말도 하지 않더라고요. 듣고 있는 것 같았습니다. 그리고 노래가 끝났을 때, 저는 수화기를 내려놨습니다.

그 뒤로 저는 다시는 그녀를 찾지 않았습니다.

전역한 뒤, 저는 독하고 바쁘게 살았습니다. 비가 올 때, 이 노래가 라디오에서 흘러나오면 그 날이 떠올라요. 세상과 단절된 채 그녀에게 보낸 내 마지막 메시지. 누군가를 그렇게 지고지순하게 사랑했다는 거. 그것만으로도 저는 만족합니다.

나의 피터팬에게

Bruno Mars,
⟨Just the way you are⟩

Her eyes, her eyes,
Make the stars look like they're not shining.
Her hair, her hair Falls perfectly without her trying.
She's so beautiful. And I tell her every day.

I know, I know. When I compliment her, She wont believe me.
And its so, its so sad to think that she doesn't see
what I see.
But everytime she asks me do I look okay I say.

When I see your face, There's not a thing that I would change.
Cause you're amazing, Just the way you are.
And when you smile,
The whole world stops and stares for awhile.
Cause girl you're amazing Just the way you are.

Her lips, her lips, I could kiss them all day if she'd let me.
Her laugh, her laugh, She hates but I think it's so sexy.
She's so beautiful. And I tell her every day.

You know, you know, you know.
I'd never ask you to change.
If perfect is what you're searching for.
Then just stay the same.

So don't even bother asking If you look okay.

You know I say.

When I see your face,

There's not a thing that I would change.

Cause you're amazing, Just the way you are.

And when you smile,

The whole world stops and stares for awhile.

Cause girl you're amazing Just the way you are.

2010년 9월에 발매된 〈Just The Way You Are〉이란 싱글앨범에 수록된 곡으로 달콤한 멜
로디가 듣는 이의 귀를 잡아끄는 곡입니다. 연인을 향해 그저 있는 그대로의 모습이 아름답
다고 고백하는 내용을 담고 있습니다.

이별은 언제나 아프다. 하지만 이별의 아픔을 영원토록 간직할 필요는 없다. 사랑 끝자락, 그 이별의 자리를 지나온 자들은 예쁜 추억을 마음에 새길 선택권을 가지고 있다. 영원한 것은 없다. 하지만 내 마음속 그의 노래는 영원하길.

나의 마음속에는 피터팬이 살고 있다. 늘 언제나 순수하게, 나의 있는 모습을 그대로 사랑해주던 피터팬.

그를 처음 만난 순간을 나는 잊지 못한다.
나는 연상의 성숙한 남자친구들만 만났었던, 또래에 비해 성숙한 척하는 여자였다.
반대로 그는 영화제작을 공부하던, 꿈속에 사는 그런 어린 남자였다.
지극히 현실적인 척, 어른인 척을 해왔던 내게 다가오던 그는 순수함을 아직 버리지 않은, 자신의 사랑에겐 열정적으로 온 마음을 쏟아줄 수 있는 어린왕자였다.

사막여우가 말했다.
"네가 나를 길들인다면 나는 너에게 세상에 오직 하나밖에 없는 존재가 될 거야."
그에게 나는 사막여우의 대사를 하던 진짜 여우 같은 년이었을 지도 모른다.
나는 그에게 항상 이기적이었고, 내 맘대로였으니까. 내 사랑의 방식을 존중해 달라고, 나는 너에게 특별하다고.

그와 처음으로 산책을 하던 날. 그에게 부탁을 했었지.
"나 노래 불러줘."
그는 내게 브루노 마스의 〈Just the way you are〉을 불러 주었다.
사랑하는 그녀의 모든 것을 있는 그대로 사랑한다는 달콤한 가사들.
그 날 이후, 그 노래는 나의 주제가 되었지.
당신이 나를 사랑하는 표현으로, 내가 얼마나 사랑받고 있는 여자인지 확인하는 그런 노래였는지도 모른다.

시간이 흘러, 나는 그를 사랑했고, 그는 나를 더 사랑했다. 나와 싸우는 순간마다 항상 당신이 나를 위해 변하겠다고, 먼저 날 안아주며 사과해주고, 진심으로 변하기 위해 애쓰던 남자였다.

나를 위해 기타도 쳐주고, 노래도 해주고, 매일 날 사랑한다며 시를 써주던 당신.

나를 위해선 함께 파티에 가주며 함께 춤을 춰주던 당신. 내게 꽃을 사주던 당신. 세상에서 가장 긴장된 모습으로 내 손가락에 반지를 끼워주던 당신. 항상 나와 결혼하고 싶다고 진심으로 말해주던 당신. 가짜 나뮘을 벗어버리고, 진짜 나의 모습을 이끌어 주던 당신. 그와 함께 하던 시간은 꿈인 듯 영화인 듯 화려했고, 신났었다.

하지만 사랑받는 여자라는 감사함을 잊고, 나는 당신을 배려하지 못했다. 당신을 참 많이 울게 하였고, 여러 번 당신의 사랑을 배신했다. 그래도 나를 잡아주고, 글을 쓰는 오늘까지 날 사랑한다는 당신을… 매몰차게 잘라버려야 한다는 사실에 나의 가슴이 먹먹하다.

나는 참 많이 당신을 아프게 했는데, 세상 어떤 사람보다 순수한 당신을 제일 잘 알면서, 그의 성숙하지 못했던 몇 번의 실수에 당신과의 사랑을 잘라버려야 한다고 결심하는 내 모습이 참 성숙치 못하다. 참 나쁘다.

나는 솔직히 당신만큼 날 행복하게 해주려고 노력했던 남자를 본 적이 없다. 앞으로도 찾을 수 있을지 모르겠다. 자신은 없다.

한 살씩 나이가 들수록 성숙이란 이름의 친구를 만나며, 순수라는 친구에겐 잘 가라고 인사하는 나의 모습을 발견한다. 그의 순수함이 나를 행복하게 했던 걸까. 혹은, 날 향한 그의 사랑이 순수했던 것일까. 나중에 우리 다시 만나면, 다시 그렇게 순수하게 사랑에 빠질 수 있을까.

이제 그와의 사랑을 예쁘게 내 맘속에 담고 싶다. 아팠던 것은 맘속에

두고 싶지 않다. 그는 내 맘속에서 영원히 노래하는 피터팬으로 살
테니.

마지막까지 내 맘대로, 당신과의 아픈 것은 잊고 좋은 것만 기억하기
로 해서 미안해.
미안해.

이별은 언제나 아프다.
하지만 이별의 아픔을 영원토록 간직할 필요는 없다.
사랑 끝자락, 그 이별의 자리를 지나온 자들은 예쁜 추억을 마음에 새
길 선택권을 가지고 있다.
영원한 것은 없다. 하지만 내 마음 속 그의 노래는 영원하길.
날 사랑한다던 그 노래는 영원하길. 나 또한 당신의 사랑을 잊지 않
기를…

많이 사랑하고, 보고 싶다.
안녕!

기적을 주세요

🎵 미스티 블루, 〈여름궁전〉

하늘이 어여쁜 계절 그 여름은 이제 끝나가고
해도 달도 별도 널 좋아하던 마음도
한 곳에 머물렀던 그 모든 향기를 투명한 유리병에 담아 꼭 쥐고
서러워진 눈망울 대신 가벼워진 발걸음으로
아무렇지도 않은 듯 그렇게 나의 자리로 돌아왔으니
나는 괜찮아 여름은 끝나버렸으니

기억이 부르는 계절 그 여름도 이제 끝나가고
바람 아래 꿈도 날 좋아하던 마음도
한 곳에 머물렀던 그 모든 향기를 투명한 유리병에 담아 꼭 쥐고
서러워진 눈망울 대신 가벼워진 발걸음으로
아무렇지도 않은 듯 그렇게 나의 자리로 돌아왔으니
나는 괜찮아. 여름은 끝나버렸으니

참을 수 없었던 목마름도
그 때를 지나치면 잊어버리게 되듯
우린 그렇게 잊혀질지 모르지만

I Remember

아무렇지도 않은 듯 그렇게 나의 자리로 돌아왔으니
나는 괜찮아. 여름은 끝나버렸으니
아무렇지도 않은 듯 그렇게 나의 자리로 돌아왔으니
괜찮아, 여름은 끝나버렸지만

나의 짝사랑 증세.

우연히 마주치면 하루 종일 그 장면만 생각하게 된다.
좋은 글을 보면 그가 먼저 생각난다.
라디오에서 그의 컬러링이 나오면 너무 좋다.
열등감을 느낀다. 그래서 증오하게 될 때도 있다.
꿈속에서 그와 만나길 상상한다.
그에게 온 문자 빼곤 다 지운다. 보관함에는 그의 문자만 가득하다.
그가 다른 여자 얘기할 땐 아무렇지도 않게 있지만 무지 슬프다. 그날 밤에 잠 못 잔다.
다른 사람이 생겼다는 말에 고백을 못 했던 자신을 원망하고 후회한다.
어느 순간 혼자서 이별 준비를 하고 있다.
잊고 지냈다고 생각했는데 막상 얼굴을 오랜만에 보면 설렌다.

말하기는 쑥스럽지만 3년이라는 긴 시간 동안 짝사랑을 했습니다. 머리가 좀 굵어지고는 누군가를 좋아할 때 마냥 마음을 퍼주기만 하는 것이 아까워서 몇 번이나 마음을 돌리곤 했어요. 그만 좋아해야지 하구요.

그런데 사람 마음이 마음먹은 것처럼 되질 않더라고요. 등 돌리고서도 계속 뒤를 돌아보고, 결국 다시 좋아하는 사람을 뒤쫓고, 3년 동안 몇 번이나 그랬는지 몰라요.

그런데 그 즈음에 이 노래를 발견했어요. 미스티 블루의 〈여름 궁전〉. 미스티 블루는 인디에서도 짧게 활동하다가 해체한 밴드라서 앨범도 노래도 적은 편입니다. 이 노래를 발견했을 때 다른 앨범의 곡들도 다 들어본 곡이었는데 마치 신곡을 발견한 것처럼 마냥 기뻤어요. 그리고 노래 가사도 꼭 저의 이야기 같아서 더 좋았구요.

여름이 올 때마다, 좋아하는 사람에 대한 마음을 접을 때마다 계속 들었습니다. 최근에도 간만에 생각나서 듣고 있고요. 짝사랑은 어떻게 되었느냐고요. 결국, 좋아하던 사람에게 연인이 생겨서 제 마음속의 뜨거웠던 여름은 어쩔 수 없이 끝나고 말았네요.

아무렇지도 않은 듯
그렇게 나의 자리로 돌아왔으니
괜찮아, 여름은 끝나버렸지만

짝사랑도 습관인 걸까요?
두 사람이 함께 좋아하는 일은 정말 엄청난 기적인 것만 같습니다.

나 이제 입는다

 AOA,

〈짧은 치마〉

날 바라보는 시선이

너는 예전 같지가 않은 걸

난 아직도 쓸 만한데

너는 왜 날 헌 신 짝 보듯이 해 Hey

너무 이뻐 보여 내가 뭐를 입던지

너무 섹시해 보여 굳이 노출 안 해도

아찔한 나의 하이힐 새까만 스타킹

도저히 눈을 뗄 수 없을 걸 (말리지마)

짧은 치마를 입고

내가 길을 걸으면 모두 나를 쳐다봐

짧은 치마를 입고

근데 왜 하필 너만 날 몰라주는데

당당한 여잔데

왜 나를 힘들게 해

넌 나만 무시해

어디로 튈지 몰라 나

시간 내 nail 받고 머릴 바꿔 봐도

새 구두 신고 괜히 짧은 치말 입어 봐도

넌 몰라봐 왜 무덤덤해 왜

딴 늑대들이 날 물어가기 전에 그만 정신 차려 boy

너무 이뻐 보여 내가 뭐를 입던지

너무 섹시해 보여 굳이 노출 안 해도

아찔한 나의 하이힐 새까만 스타킹

도저히 눈을 뗄 수 없을 걸 (말리지마)

짧은 치마를 입고
내가 길을 걸으면 모두 나를 쳐다봐
짧은 치마를 입고
근데 왜 하필 너만 날 몰라주는데
당당한 여잔데
왜 나를 힘들게 해
넌 나만 무시해
어디로 튈지 몰라 나
난 점점 지쳐가 날 바라보는 그 눈빛마저도
왜 그리 차가운지 모르겠어 이제 변할 거야 oh oh
당당한 여잔데
왜 나를 힘들게 해
넌 나만 무시해
어디로 튈지 몰라 나

사실 나는
기분 좋았지.
네가 내 치마 보며 찌푸릴 때
너무 짧다고, 누구 보여주려고 그러는 거냐고 시비 걸었을 때.
치마는 앉았을 때 무릎을 덮어야 한다면서 화를 내고,
결국 담요를 갖다 줄 땐
내가 수녀냐고 너한테 투덜댔지만
나는 네 질투가 반가웠었어.
네가 유난스럽게 굴어서 입질 못했는데

오늘 말이야.
나 살짝 짧은 치마에 힐을 신고, 분홍 볼터치를 했어.
한동안 휑하던 귓불도 신경 쓰여 반짝이는 귀걸이도 찼어.
향수도 뿌리고.

이제 너는 내 옆에 없고,
거울 속 나를 보며 나지막이 말해.

.
.
.
.
.
.
.

"예쁘네. 이제 입어도 되지?"

나의 이별 대처법

 ref,
〈이별공식〉

이별장면에선 항상 비가 오지.
열대우림기후 속에 살고 있나.
긴 밤 외로움과 가을 또 추억을
왜 늘 붙어다녀. 무슨 공식이야.

떠난 그 사람을 계속 그리면서
눈물 흐르지만 행복 빌어준대.
그런 천사표가 요즘 어디 있어.
설마 옛날에도 말만 그랬겠지.

나는 잘 이해가 안 돼.
그런 방법조차 불만이라고 생각해.
사랑을 하고 멀어지는 그런
느낌까지 틀에 박혀있는 거야.

모두가 다 공감할 수 있는 얘기를
할 필요는 없는 거라 생각을 해.
저마다 감정은 각자 다 다른 거니까.
각자 나름대로 사는 거야.

햇빛 눈이 부신 날에 이별 해봤니?
비 오는 날 보다 더 심해. 작은 표정까지 숨길 수가 없잖아.
흔한 이별노래들론 표현이 안 돼. 너를 잃어버린 내 느낌은.
그런데 들으면 왜 눈물이 날까.

나는 잘 이해가 안 돼.
그런 방법조차 불만이라고 생각해.
사랑을 하고 멀어지는 그런 느낌까지 틀에 박혀있는 거야.
모두가 다 공감할 수 있는 얘기를 할 필요는 없는 거라 생각을 해.
저마다 감정은 각자 다 다른 거니까 각자 나름대로 사는 거야.

햇빛 눈이 부신 날에 이별 해봤니?
비오는 날 보다 더 심해. 작은 표정까지 숨길 수가 없잖아.
흔한 이별노래들론 표현이 안 돼. 너를 잃어버린 내 느낌은.
그런데 들으면 왜 눈물이 날까.

3년 사귄 남자친구와 카페에서 커피를 마시는데 갑자기 그랬습니다. 자기 좋아하는 사람이 생겼다고, 만난 지 몇 달 됐다고. 전혀 예상하지 못했고, 상상도 못 했습니다. 네가 눈치챌 줄 알았는데 정말 모르는 것 같이 말한다고. 순간, 멍해지면서 일단 자리에서 일어나자고 했습니다. 남자친구는 순순히 나를 따랐고, 가게 문을 열고 거리로 나온 순간, 정말 작정하고 세게 남자친구의 따귀를 때렸습니다.

제가 예전에 배구를 했거든요. 워낙 아귀힘이 세서 장난으로도 남자친구 등을 치면 아프다고 그랬는데 작심하고 내려쳤어요. 얼굴 한쪽이 벌게진 남자친구는 순간, 정신이 없어 보였고 분하고 억울한 마음에 무차별적으로 남자친구의 몸을 손으로 밀치기 시작했습니다. 그런데 당황한 남자친구가 황급히 도로 쪽으로 가더니 택시를 잡는 겁니다.
"야 이 XX야, 너 뭐하는 건데."
저는 남자친구의 옷을 잡고 놓지 않았고, 남자친구는 뭐에 홀린 듯 필사적으로 택시에 올라탔습니다. 그렇게 택시를 타고 남자친구가 도망쳐버리고, 저는 몰려오는 배신감과 분노를 누르며 일단 집으로 왔습니다.

집에 와서 곰곰이 생각을 해보니 이젠 뭐 끝난 거고, 화들짝 도망가는 그 모습이 어찌나 한심해 보이던지. 그래서 어차피 헤어질 거 후회 없이 헤어지기로 하고, 남자친구에게 연락을 했습니다.

아까는 내가 네 이야기를 듣고 너무 놀라고 흥분을 해서 감정적이었어. 우리 그래도 3년을 만났는데 이렇게 서로 보내면 안 되잖아. 만나서 차분하게 이야기하고, 인사하자.

그러자 남자친구는 자기가 우리 집 앞으로 오겠다고 했습니다. 연락을 받고 저는 집 근처 시장에 갔어요. 제대로 헤어지기 위해 필요한 게 있었으니까. 한 시간 뒤, 남자친구에게서 도착했다고 메시지가 왔습니다. 나가서 보니 아직도 볼이 벌겠어요. 전혀 미안하지 않았어요.

그리고

다. 시. 한. 번. 남자친구의 다른 쪽 따귀를 때렸습니다. 그러자 남자친구 뭐하는 거냐는 듯 저를 쳐다봤고, 저는 시장에서 사온 검은 비닐 안에 굵은 소금을 가차 없이 뿌리며 꺼지라고 소리쳤습니다. 역시나 남자친구는 또 도망치기 시작했고, 저는 소금이 다 떨어질 때까지 끝까지 따라가며 뿌렸습니다. 제가 이 이야기를 하면 다들 우아하게만 헤어져 봤는지 놀라더라고요.

아… 제가 나쁜 건가요?

청춘수업

이기찬, 〈감기〉

나는 너를 사랑하면 안 되는 거니
나도 내 맘 어쩔 수 없는 거잖아
너 때문에 많이 울고 웃으면서
그래도 참 행복했었는데
일 년이면 되니 돌아올 수 있니
기다리란 말도 하지 않는 거니
아파서 너무 아파서 숨을 쉴 수가 없어서
말 못하는 나를 이해해 줘

그래줄게 지우려고 준비해볼게
잊어줄게 잊으려 노력해볼게
왜 안 되니 널 지우려 애써봐도
기다리면 올 것만 같은데
일 년이면 되니 돌아올 수 있니
기다리란 말도 하지 않는 거니
아파서 너무 아파서 숨을 쉴 수가 없어서
말 못하는 나를 이해해줘
시간이 지나면 나아야 하잖아
단 하루라도 잊혀져야 하잖아
아파서 너무 아파서 숨을 쉴 수가 없어서
말 못하는 나를 이해해줘
언제까지라도 널 사랑할게

일 년이면 되니 돌아올 수 있니
기다리란 말도 하지 않는 거니
아파서 너무 아파서 숨을 쉴 수가 없어서
말 못하는 나를 이해해 줘

그 사람의 다리를 내가 부러뜨려 주고 싶습니다.

친구가 더 말랐습니다. 얼굴에 핏기가 없고, 안 그래도 얇은 몸이 더 얇아진 것 같아요. 회사일이 바쁘고, 힘이 들어서 그렇답니다.

그러다 무심코 한 달째 그와 연락하지 않는다고 말합니다. 아무렇지 않듯 쿨 하게 지나가듯. 하지만 저는 알아요. 친구가 얼마나 그 사람을 그리워하는지, 혼자 얼마나 울었는지. 웃고 이야기하다가도 순간 순간 멍하게 슬퍼지는 친구 얼굴이 안타깝습니다.

사랑은 참 잔인한 문제입니다. 누구도 대신 해결해 줄 수 없어요. 마음 같아서는 친구의 남자친구에게 찾아가 왜 그러느냐고 따지고 싶습니다. 나쁜 놈이라고 욕하고 따귀를 때리고 싶습니다. '내 친구가 얼마나 헌신적으로 널 챙겼니. 한국에 계신 네 가족들 대소사까지 챙겨준 친구한테 너는 얼마나 했니? 다른 연인들이 만나서 즐거운 시간 보낼 때 친구 심정이 어땠을 것 같니?' 그런데 그러려면 비행기를 타고 6시간을 넘게 날아가야 합니다.

그런데 어찌 그러겠어요. 친구가 정말 원하는 건 복수가 아닌데. 그의 사랑인걸. 생기발랄했던 친구 얼굴에 그늘이 졌습니다. 회사, 집. 회사, 집. 요즘은 그거밖에 없다고 합니다.
밥 좀 잘 챙겨 먹어…
이 말 밖에 해줄 수 없었어요.

사랑 앞에 장사가 없네요. 친구는 여린 몸으로 오롯이 그 감정들을 맞고 있습니다. 일대일 청춘 수업. 채찍 같은 청춘 수업. 너덜너덜해지다 가도 결국 새살이 돋겠죠? 두렵지만, 그렇지만 한편으로 기대가 되기도 합니다. 최후에 얼마나 멋진 모습으로 청춘 학교를 졸업하게 될지.

친구도 나도, 부디 무사히 이 수업을 패스해 성숙한 졸업생이 되길 바랄 뿐이에요. 그러니 학교 밖으로 도망가지 않을 수밖에요.

그래도 나는 내가 좋아

주주클럽, 〈나는 나〉

왜 내가 아는 저 많은 사람은
사랑의 과걸 잊는 걸까.
좋았었던 일도 많았을 텐데
감추려 하는 이유는 뭘까.
난 항상 내 과거를 밝혀 왔는데
그게 싫어 떠난 사람도 있어.
그런 사람들도 내 기억 속엔
좋은 느낌으로 남아 있어, 언제나.
난 누구에게도 말할 수 있어.
내 경험에 대해.
내가 사랑을 했던 모든 사람들을 사랑해.
언제까지나.

난 누구에게도 말할 수 있어.
내 경험에 대해.
내가 사랑을 했던 모든 사람들을 사랑해.
언제까지나.

사람을 만날 때 사계절은 겪어봐야 한다는 건 비단 계절만을 의미하는 것 같지 않다. 그 사람이 화가 났을 때는 어떠한지, 슬픈 일을 당했을 때는 어떠한지, 어려운 사람을 만났을 때는 어떠한지, 일이 잘 풀릴 때는 어떠한지 시간을 투자해 보는 것도 중요하지만 그와 나와의 계절. 봄처럼 감정이 설렐 때 그의 모습, 여름처럼 뜨거울 때 그의 모습, 가을처럼 서늘할 때의 그의 모습, 실망스러워 겨울처럼 차가워졌을 때 그의 모습은 어떠한지를 보는 것도 중요한 것 같다.

연애를 한 번도 해보지 않았을 때는 여자는 연애를 할수록 손해라는 어머니의 단도리에 갇혀 누군가를 알아가기 전부터 이별하는 순간을 두려워 방어했다. 하지만 지금은 스스로를 소중히 여기며 지킬 건 지키되 알아가는 연애는 스스로를 발견하는 데도 유익하고, 미래를 구상하는 데도 유익하다는 생각이 든다. 어차피 혼자 살 게 아니라면 이성을 이해하고, 소통하는 방식을 배워야 하니까. 그렇게 균형감 있는 한 인간으로 성장해 나가는 것. 나는 지금 그 과정을 겪고 있다.

솔직히 '이기적이다', '자기중심적이다', '유아적이다'라는 말을 듣기도 했다. 대화의 타이밍과 방식을 잘 모른다는 이야기도 들었다. 부정적이고, 소심하다는 말도 들었다. 솔직히 인정한다. 많이 몰랐다. 처음이었으니까. 그런데 그런 바람이 있었다. 처음이어서 부족한 부분을 타박하지 않고, 포용해주는 사람과 미래를 함께 하고 싶다는 바람. 잘 다독여서 날 끌어내준다면 어디든 따라가 보겠다는 마음. 그렇게 상대방이 후자이길 바랐지만 사람 인연이 그렇게 쉬운 게 아닌가 보다.

그렇지만 좌절하지는 않으련다. 그런 경험을 통해 봐 줘야 할 순간과 표현해야 할 순간, 만나서 해야 하는 이야기, 메시지로 할 수 있는 이야기. 눈을 마주치며 해야 하는 이야기. 거짓말해서는 안 되는 것들을 알게 됐고, 진정성 없는 말과 행동의 결과가 어떠한지를 알게 됐다. 상대방을 더 사람답게 대하는 법을 배우게 됐다. 내가 배운 그 교훈이 나는 썩 마음에 든다.

'괜찮은 사람이 되어야지.'
'함께 있을 때 더 즐거운 사람이 되어야지.'

무심코 흘려보낼 수 있는 시간도 아름답게 만들어 줄 수 있는 사람. 좋은 말, 인사로 분위기를 바꿀 수 있는 사람. 나는 그런 사람이 되고 싶다. 그리고 내가 그런 사람이 될 수 있도록 나를 성장시켜 준 사람을 마음속에서 해코지하지 않고, 고요히 품고 싶다. 그 경험이 준 매력으로 더 소중한 미래의 사람을 대하고 싶다. 좋은 방향으로 소화하자. 좋다. 지금이. 나의 경험이. 나라는 사람도 썩 괜찮은 사람이 되어가고 있는 것 같다.

양말 하나 때문에

브라더수,
〈소심해서 그래〉

뭐 고를 때 내가 제일 많이 하는 말
'Yes', '아무거나' (Anything you want)
이상하게 꼭 말을 해야 할 때는
입이 얼어붙어 시작부터
한 마디 조심스레 하고 나선
기분 나빠할까 걱정하고
혼자 속으로 상상하고 상처 받는
내가 나도 피곤해

소심해서 그래, 늦게 까지 잠 못 드는 것도
고민해서 이것저것 생각하느라 그런 건데
솔직하게 말해서, 네게 좋아한다 못하고 있는 것도
너도 그렇다는 대답 못 들을까 겁이 조금 나서야

'별 게 다 서운해', '그깟 일로 뭘 그래'
'왜 그렇게 피곤하게 사는데?'
사실 나도 그건 아는데
잘 안 돼 생각처럼. '쿨'한 게

수 만 가지 생각이 가득해
나도 다른 애들처럼 wanna think it simple, yeah
근데 벌써 일어나지도 않은 일이 걱정 되는 건 어떡해

소심해서 그래, 늦게 까지 잠 못 드는 것도
고민해서 이것저것 생각하느라 그런 건데
솔직하게 말해서, 네게 좋아한다 못하고 있는 것도
너도 그렇다는 대답 못 들을까 겁이 조금 나서야

언제까지 괜한 twitter, facebook 글들에 찔려 할 건데
어색한 리액션에 표정은 관리 또 어떻게 할 건데
조금만 고치면 돼 힘들 걸 알지만
that's the way to be a better man
노력해봐야지 뭐, 내가 도와줄게

소심해서 그래, 늦게 까지 잠 못 드는 것도
고민해서 이것저것 생각하느라 그런 건데
솔직하게 말해서, 네게 좋아한다 못하고 있는 것도
너도 그렇다는 대답 못 들을까 겁이 조금 나서야

양말 때문에 남자친구와 심하게 다퉜습니다.

날씨가 추워지니까 자꾸 장갑, 목도리, 양말 이런 거에 눈이 가더라고요. 그 날도 양말을 보다가 제 것 하나, 남자친구 양말 하나 이렇게 샀어요. 몇 번을 들었다 놨다가 커플로 하면 좋을 것 같은 두 개를 고민 끝에 골랐어요.

저녁에 카페에서 만났을 때, 자랑스럽게 건넸는데, 남자친구가 장난 치듯

"어? 회색이야? 회색 안 좋아하는데… 뭐야 센스 없게."

정말 황당하더라고요. 아무리 마음에 안 들어도 사온 사람 성의가 있는데 그렇게 말하는 건 아니지 않나요? 정말 화가 났어요.

"그래? 그럼 하지 마."

다시 챙기면서 사온 사람 성의가 있는데 뭐하는 거냐고. 다시는 선물 안한다고 그랬어요. 진심으로 남자친구에게 실망했거든요. 내가 이제 쉬운가? 아니면 인격이 덜 된 사람인가? 오만가지 생각이 들었어요. 남자친구는 생각보다 상황이 심각하다고 생각했는지 정말 미안하다고, 화내지 말라고, 장난친 거라면서 진짜 잘 신겠다고 그러더라고요. 이미 화가 난 저는 너는 장난을 왜 그런 걸로 치느냐고. 누구한테 선물 주고 이런 반응은 처음이라고. 성격이 왜 그렇게 못났느냐고 화를 냈습니다. 저를 데려다주려고 차에 타서도 저보고 양말을 자기 손에 다시 주라는 거예요. 그러면서 성은이 망극하나이다, 망극하나이다. 나도 모르게 순간, 피식 웃긴 했지만 정말 화가 풀린 게 아니었어요.

집에 돌아와서도 계속 떠오르는 거예요. 저는 정말 아무리 마음에 안 드는 선물이라도 무조건 고맙다고, 예쁘다고. 사실 그렇잖아요. 마음이 고마운 거지. 결혼이야기도 하고 있는 사람인데 지금까지 봐온 남자친구의 모습이 진실이 아니면 어쩌지, 막상 결혼을 했을 때 밥을 하면 이게 뭐냐며, 옷을 선물하면 센스 없다며 무심코 내뱉는 사람이면 어쩌지. 나는 감사할 줄 모르는 사람은 정말 싫은데. 그러면서 결혼까지 물려야하는 것은 아닐까 심각하게 고민하기 시작했습니다.

그리고 다음날, 저는 남자친구에게 그 때는 얼결에 웃었지만 나는 아직 화가 안 풀린 것 같다고. 연애만 할 거라면 가볍게 넘길 수 있을 것

도 같지만 하지만 결혼 이야기를 하고 있는 사람이 그런 마음씨를 갖고 있다면 나는 다시 생각해보겠다고 말했습니다. 남자친구는 안 그래도 자기가 정말 잘못했다고 느꼈다. 미안하다. 정말 잘못했다고 계속 말했습니다. 하지만 저는 사과를 받는 게 목적이 아니었기 때문에 그 후로 연락을 받지 않았어요.

하루, 이틀, 그리고 삼일 째 정말 남자친구에게 수십 통의 전화와 문자, 카톡 메시지, 페북 메시지가 왔고, 그래도 제 마음 쉽사리 누그러지질 않았습니다. 결국, 남자친구가 집에 찾아와 전화를 받지 않는 저를 나오게 하려고 벨을 누르는 바람에 나갈 수밖에 없었어요. 정말 억지로 나간 저를 남자친구는 카페에서 잠깐 이야기를 하자며 데리고 갔어요.

"내가 정말 잘못했어. 그냥 고맙다고 하고, 잘 신으면 되는데. 별 생각 없이 그렇게 내뱉어 버렸어. 나는 이제 네가 없는 건 정말 상상할 수 없는데, 제발 나를 용서해줬으면 좋겠어. 진짜 구차해보여도 이렇게 잡고 싶은 게 내 마음이야. 그 말은 정말 내 진심이 아니었어. 사실 고마우면서, 내가 너한테 결혼식장 근처 식당에 몇 분은 따로 예약하자는 아이디어를 냈을 때 생각보다 네 반응이 냉랭해서 서운한 마음에 틱틱거려 본거야. 근데 그게 너한테 그렇게 상처가 될 줄 몰랐어. 정말 미안해. 제발 나를 용서해줘."

자초지종을 들으니까 조금 마음이 누그러졌지만, 아직 다 괜찮지 않았어요. 저는 남자친구가 소중한데, 그래서 소박하지만 내 진심이었는데 그걸 그런 식으로 거부당한 느낌이 너무 자존심 상하고, 서운하더라고요.

"이거 봐봐. 나 그 날 이후로 이거 3일 신었어. 정말 따뜻하더라고. 정말 미안해. 나한테 한번만 더 기회를 주면 안 될까? 나는 이제 너한테 아무 말 안 할게. 불평도 잔소리도. 입을 다물게."

다 들었지만 아무 답도 하지 않고, 집에 가고 싶다고만 했어요. 남자친구는 결국 저를 데려다 줄 수밖에 없었고, 고민하다가 아직도 연락을 받지 않고 있어요. 불평하는 사람은 정말 싫은데, 저, 어떻게 해야 할까요?

응답하라, 미경

🎤 김경호,
〈금지된 사랑〉

울지 마.
여기에 새겨진 우리 이름을 봐.
소중한 초대장이 젖어버리잖아.
슬퍼 마.
너의 가족들이 보이지 않아도.
언젠가 용서할 그날이 올 거야.

내 사랑에 세상도 양보한 널
나 끝까지 아끼며 사랑할게.
약속해줘
서로만 바라보다 먼 훗날 우리
같은 날에 떠나.

각오해.
내게 무릎 꿇은 세상의 복수를
많은 시련 준대도
널 위해 견딜게.
내 사랑에 세상도 양보한 널
나 끝까지 아끼며 사랑할게.
약속해줘
서로만 바라보다 먼 훗날 우리
같은 날에 떠나.

긴 세월 흐른 뒤 돌아보아도

아무런 후회 없도록
단 하루를 살아도
너 행복하도록 만들 거야.

내 사랑에 세상도 양보한 널
나 끝까지 아끼며 사랑할게.
약속해줘
서로만 바라보다 먼 훗날 우리
같은 날에 떠나.

내가 대학을 다닐 때는 삐삐를 썼다. 그리고 말하기 뭐하지만 그때 나는 대학을 연애를 하러 다닌 것 같다.

좋아하는 여자들한테 다 맞춰줬다. 심지어 여자친구의 친구들끼리 모여 있는 엠티에 오라고 하면 가고, 새벽에 집에 가야된다고 하는 친구들까지 일일이 다 데려다줬다. 비록 그날 후로 내 여자친구한테 차였지만. 누가 그러는데 여자친구 말고 다른 여자한테도 과하게 친절을 베풀어서 그렇다고 한다. 근데 그러거나 말거나. 나는 참 자유로운 연애를 했다.

요즘 사람들은 모르겠지만 지금 강남역 사거리에 뉴욕제과가 있었다. 거기 앞에 전화박스가 쫙 있었는데 사람들이 거기서 삐삐 메시지 확인하려고 줄을 도로까지 섰었다. 그 때 내 번호가 015-3555-1864 였지, 아마. 정확이 생각이 나지 않는다. 대학을 다닐 때 주로 그곳에서 여자들에게 연락을 했었다. 그런데 어느 날, 지금까지와는 다른 느낌의 여자를 알게 됐다.

그녀를 미팅에 나가 알게 됐는데 첫눈에 반해 대시를 했고, 몇 차례 만났다. 그런데 나의 잘못으로 그녀가 그만 정리하고 싶다고 했고, 가는 여자 안 붙잡던 나는 알겠다고 했다. 그런데 시간이 지날수록 그녀 생각이 간절해졌다. 내가 잘못한 부분이 커서 내 번호로 삐삐를 치면 확인을 안 할 것 같아서 삐삐번호를 바꿨다. 그리고 집에 가서 김경호의 〈금지된 사랑〉을 딱 깔고,

> 내 사랑에 세상도 양보한 널 나 끝까지
> 아끼며 사랑할게
> 약속해줘 서로만 바라보다 먼 훗날 우리
> 같은 날에 떠나

이 부분에서 완전 비장하게 세 마디 말했다.
"미경아, 잘못했다. 사랑한다."

그랬더니 그녀는 낯선 번호의 메시지를 확인했고, 마음이 누그러졌는지 몇 차례 더 매달리자 다시 날 만나줬다.

그러나 시간이 흘러 또 다시 나의 부족함으로 인해 그녀와 결국 헤어졌다. 그 일을 계기로 사랑은 자유롭게 할 수 있지만 진지하게 할 때 더 후회가 없다는 것을 알게 됐다.

사는 게 바쁘고, 한참 지난 일이라 잊고 살았는데 요즘 응답하라 시리즈 속 삐삐, 리복, 라디오, 별이 빛나던 밤 등등 내 일상이었던 것들을 보면서 덩달아 나의 대학시절, 연애, 그녀들(?)이 떠오른다. 결혼했겠지. 애도 있고.

어차피 확인도 못할 거 삐삐라도 쳐보고 싶네.

날 사랑하지 않는다 해도

로이킴, 〈날 사랑하지 않는다〉

늘 바라보고 있죠. 간직할 수만 있는 맘
차마 꺼낼 수 없는 그 말들
아니란 걸 잘 알면서 떠나갈 수 없는 나

날 사랑하지 않는다 해도 날 돌아보지 않는대도
보낼 수 없는 건 널 놓아줄 수 없는 건
이렇게 사랑하는 날 그댄 잊을까봐.

기다리는 내 맘과 돌아오지 않을 너를
애써 외면해 보는 날들과
아니란 걸 잘 알면서 떠나갈 수 없는 나

날 사랑하지 않는다 해도 날 돌아보지 않는대도
보낼 수 없는 건 널 놓아줄 수 없는 건
이렇게 사랑하는 날 그댄 잊을까봐.

소리 없이 어떤 약속도 없이
멀어지는 뒷모습을 바라보다
아무것도 할 수 없는 나라서 하염없이 너의 흔적만

날 사랑하지 않는다 해도 날 돌아보지 않는대도
보낼 수 없는 건 널 놓아줄 수 없는 건
이렇게 사랑하는 날 그댄 잊을까봐.

날 사랑하지 않는다 해도
날 돌아보지 않는대도
보낼 수 없는 건 널 놓아줄 수 없는 건
이렇게 사랑하는 날 그댄 잊을까봐

대학원 공부와 일에 치여 5년 넘게 만나오던 여자 친구와 데이트 횟수가 적어졌습니다. 퇴근하다가 잠깐 보는 식의 만남이 서너 달 지속되어 가는 동안에도, 준비하던 대회가 끝날 때까지 '4달만 참자, 4달만 참자'를 스스로 되새겼습니다.

여자 친구에게도 '조금만 참아라, 몇 달만 지나면 여유로워질 거야'라고 달랬어요. 그러다 여자 친구가 직장동료들과 노느라 네 시간이 넘게 연락이 끊겨 서운함을 느껴서 싸우고, 한 주 뒤, 다시 만나기로 한 날, 다른 친구를 만나기 전 잠깐 보고 가자는 약속에도 늦게 나온 전여자 친구에게 화풀이를 했습니다.

다시 화를 풀기 위해 만난 다음날, 밥을 먹는 내내 눈도 마주치지 않고 말도 없던 여자친구에게 지금 혹시 불편하냐는 말을 하자 여자 친구가 울기 시작했습니다. 이야기를 하러 밖으로 나가자고 하더군요. 자리를 옮겨서 왜 그러냐고 물었는데, 여자 친구가 더는 날 사랑하지 않는 것 같다고 했습니다.

전혀 예상하지 못했던 전 울고불고 매달렸습니다. 자초지종을 들어보니 저는 너무 바빠서 신경 쓸 겨를이 없었고, 그녀는 바쁜 절 배려하느라 대화가 너무 없었더라고요. 그 사이 쌓인 오해와 실망으로 인해 마음이 떠난 것 같았습니다.

지금 마음은 권태기라서 그런 걸 거라고, 시간이 지나면 괜찮아질 거라고, 내가 더 잘하겠다며 매달렸고, 다음날도, 그 다음날도 만나서 아직은 말하기 힘들었던 결혼준비 계획도 상세히 설명해줬습니다. 그녀는 이제야 이야기해주면 어떻게 하냐며, 자기는 이제 마음에 들어오지 않는다는 이야기를 했습니다.

며칠 후, 일하는 내내 너무 답답하고 도무지 일이 손에도 잡히지 않아서 무작정 그녀를 데리러 회사로 갔습니다. 나름 노력을 하는 모습을 보여주려던 것이었어요. 그런데 그녀가 그러더라고요. 자기가 꼭 이런 말을 하고 나서야 이렇게 행동하느냐고요.

그녀는 차라리 시간을 달라고 했습니다. 하지만, 2주 뒤. 무작정 집 근처에서 기다려 일단 만났습니다. 꼭 잡고 싶었으니까요. 여전히 학업과 일이 바쁜 상황에서 내가 변해가는 모습을 보여주는 게 더 낫겠다고 생각했어요. 그런데 그녀가 그랬어요. 2주 동안 너무 행복했고, 마음에 짐이 사라진 느낌이라고. 우린 끝난 거라고.

앞으로 계속 함께할 사람이라고 생각해오던 사람이 갑자기 떠나버린 허탈함에, 미처 낌새도 차리지 못했던 나 자신에 대한 한심함에 현실 부정을 하며 지냈습니다. 자신감이 떨어진 저를 보면 실망감만 더 커질 거라는 생각에 연락을 차마 하지 못했죠. 다만, 그동안 나의 어떤 부분이 그녀를 힘들게 했을지 고민한 흔적과 다짐들을 공책에 적어나갔습니다. 준비하던 대회를 마치고 한 번의 연락이 되었을 때, 나에게 잘 지내고 있으면 연락하겠다고 했던 그녀의 말이 떠올라 잘 지낸 척을 했었죠. 하지만 다시 연락이 끊겨 버렸고 한 달 뒤, 그러니깐 헤어지고 네 달 되던 때에 무작정 연락했습니다.
그동안 고민하며 적어갔던 내 어떤 점이 힘들게 했을지, 어떻게 고쳐야 할지 그런 생각들을 적은 공책 한 권과, 편지를 들고 그녀를 만났습니다. 잘 지내냐 뭐하고 지내냐, 안부인사에 그녀는. 남자친구가 생겼다고 답했습니다.

예쁘고, 착하고, 능력 있으니 주변에서 많이 노리고 있을 거라는 건 알고 있었거든요. 그래서 '남자친구가 생겼다고 하면 잊어야지. 끝이야'라는 마음으로 그 자리에 나갔고, 그 이야기를 듣고 나서는 머리가 멍해지더라고요.
'아, 망했구나. 왜 좀 더 빨리 준비해서 만나려고 하지 않았을까, 왜 타이밍을 놓쳤을까.'
오만 가지 생각 끝에 정신을 차리고선, 준비해간 것들의 존재를 알려주고 '이걸 주려고 했다. 그런데 그렇지 못한 상황인거 같다'고 말하고 헤어졌습니다.

참 사람이 웃긴 게 남자친구가 있다는 말에도 잊히지 않더라고요. 결국 여자친구가 지금 만나는 사람과 헤어질 때까지 기다릴 수 있겠다는 마음이 생겨서 공책과, 새로 쓴 편지를 그녀의 집 우편함에 두고 돌아왔습니다. 그렇게 묵묵히 참고 기다리면서 조바심 내지 않고 기다리려고 애썼죠.

그런데 얼마 후, 그녀의 카톡 프로필을 보았는데 다른 남자의 사진과 함께 프로필 대화명이 너무 행복해 보이더라고요. 그때 알아차렸죠. 금방 헤어질 줄 알았는데, 나랑 만난 5년의 시간이 있으니깐 그녀도 내 생각이 날 줄 알았는데, 다른 사람과 행복하게 잘 지내고 있더라고요. 그러면서 나 혼자 이렇게 힘들어해도 누가 알아봐주는 것도 아니라는 생각이 들면서 그때부터는 정말 마음을 정리하자 마음먹었죠.

> 날 사랑하지 않는다 해도 날 돌아보지 않는다 해도
> 널 놓아줄 수 없는 건

이 가사들이 딱 제 이야기를 하고 있는 거 같아요. 저도 사실 알고 있었어요. 내 이야기가 아니라 다른 사람 이야기면,
'잊어라 떠난 사람 마음 돌아오지 않는다. 세상에 여자가 그 사람밖에 없냐. 다음엔 더 좋은 사람 만날 거다. 기운 내라.'
늘 제가 하던 말이었거든요. 근데 막상 내가 그 입장이 되고 나니깐 그게 안 되더라고요.

함께 보냈던 시간들이 부정당하는 느낌, 함께하길 바랐던 남은 모든 시간들이 내 실수로 인해 사라진 느낌. 나마저 포기하면 진짜 끝나는 거라 생각하고 있었는데 사람 인연이라는 게 마음처럼, 계획처럼 안 되네요.

앞으로 그 친구만큼 사랑할 사람을 만날 수 있을까요? 그녀를 잡기 위해서 잘못한 점을 찾고 고치려고 노력했던 모든 것들을 다른 사람에게 보여주게 되는 게 아닌가 두렵습니다.

소중했던 만큼
나의 마음은

 박정현,
〈꿈에〉

어떤 말을 해야 하는지
난 너무 가슴이 떨려서
우리 옛날 그대로의 모습으로 만나고 있네요.
이건 꿈인걸 알지만 지금 이대로 깨지 않고서
영원히 잠 잘 수 있다면.

날 안아주네요. 예전모습처럼
그동안 힘들었지 나를 보며 위로하네요.
내 손을 잡네요. 지친 맘 쉬라며
지금도 그대 손은 그때처럼 따뜻하네요.

혹시 이게 꿈이란 걸 그대가 알게 하진 않을 거야.
내가 정말 잘할 거야. 그대 다른 생각 못하도록.
그대 이젠 가지 마요. 그냥 여기서 나와 있어줘요.
나도 깨지 않을 게요. 이젠 보내지 않을 거에요.

계속 나를 안아주세요. 예전 모습처럼
그동안 힘들었지, 나를 보며 위로하네요.
내 손을 잡네요. 지친 맘 이젠 쉬라며
지금도 그대 손은 그때처럼 따뜻하네요.
대답해줘요. 그대도 나를 나만큼 그리워했다고.

바보같이 즐거워만 하는 날 보며 안쓰런 미소로
이제 나 먼저 갈게 미안한 듯 얘기하네요.

나처럼 그대도 알고 있었군요, 꿈이라는 걸.
그래도 고마워요. 이렇게라도 만나줘서.

날 안아주네요. 작별인사라며
나 웃어줄게요. 이렇게 보내긴 싫은데
뒤돌아서네요. 다시 그때처럼
나 잠깨고 나면 또 다시 혼자 있겠네요.
저 멀리 가네요. 이젠 익숙하죠.
나 이제 울게요. 또다시 보내기 싫은데 보이지 않아요.

이제 다시 눈을 떴는데 가슴이 많이 시리네요.
고마워요. 사랑해요. 난 괜찮아요. 다신 오지 말아요.

스물 셋. 첫 사랑.
많이 사랑하던 사람이 날 떠나갔다.
'많이'라는 말이 부족할 정도로 참 많이, 아주 많이 사랑했던 사람.

대학 강의실에서 시작된 사랑은 그토록 설레고 애틋했다. 참 예뻤다.
문자가 한번 올라치면 A4 한바닥을 채울만한 길이. 그 소중한 문자들
은 하나하나 떨리는 손으로 컴퓨터에 남겨놓기까지.
서로에게 서로가 너무 소중해서 손 한번 잡기도 아까웠다.
사랑하고 있는 도중
갑작스런 이별 통보.
처음 받는 이별 이야기.
어떻게 반응해야 할지 몰라 그저 받아들일 수밖에 없었던.
왜인지 한번 물어보지 못하고.
가지마 한번 잡아보지 못하고.
그저 놀란 입 다물지 못한 채로.
그렇게 힘든 시간들이 지나면서
꿈속에 계속 그가 나타났다.
그리고 꿈에서 깨면 이 노래가 귓가에 들렸다.

> 이건 꿈인 걸 알지만 지금 이대로 깨지 않고서
> 영원히 잠 잘 수 있다면
> 날 안아주네요 예전모습처럼
> 그동안 힘들었지 나를 보며 위로하네요

왜 그런 걸까? 내가 그렇게 부족한 걸까?
사실은 나를 그만큼 사랑하지 않았던 것일까?
나는 많이 소중했는데. 아직도 더 많이 사랑해줄 수 있는데.
이 말을 꿈에서 그를 보면 해야지, 해야지 하면서도 정작 꿈에서는 한
마디 말조차 못했다.
다만, 이제는 서로가 서로를 좋아하는 일이
얼마나 기적 같은 일인지 깨달은 철든 가슴만 남았다.

할머니 죄송해요

 Next,
〈날아라 병아리〉

내가 아주 작을 때 나보다 더 작던 내 친구
내 두 손 위에서 노래 부르면
작은 방을 가득 채웠지
품에 안으면 따뜻한 그 느낌
작은 심장이 두근두근 느껴졌었어
우리 함께한 날은 그리 길게 가지 못했지
어느 밤 얄리는 많이 아파
힘없이 누워만 있었지
슬픈 눈으로 날개짓 하더니
새벽 무렵엔 차디차게 식어 있었네
굿바이 얄리
이젠 아픔 없는 곳에서
하늘을 날고 있을까
굿바이 얄리
너의 조그만 무덤가엔
올해도 꽃은 피는지

눈물이 마를 무렵 회미하게 알 수 있었지
나 역시 세상에 머무르는 건
영원할 수 없다는 것을
설명할 말을 알 순 없었지만
어린 나에게 죽음을 가르쳐 주었네
굿바이 얄리
이젠 아픔 없는 곳에서
하늘을 날고 있을까
굿바이 얄리
너의 조그만 무덤가엔
올해도 꽃은 피는지
굿바이 얄리
언젠가 다음 세상에도
내 친구로 태어나줘

나는 할머니가 돌아가시면서 죽음을 처음 알았다.

초등학교 6학년 겨울방학, 방에서 만화를 보고 있는데 할아버지가 놀라서 우리 집에 오셨다. 할머니가 쓰러지신 것이다. 그렇게 쓰러지시고 병원에서 뇌수술까지 하셨지만 끝내 돌아가셨다.

그 후, 할아버지는 3년을 홀로 지내시다가 돌아가셨는데 할머니의 빈 자리가 커 보였다. 자주 오시던 고모도 오지 않고, 형제들끼리 싸워도 아무도 말릴 수 없었고(아버지와 작은아버지, 그리고 작은 아버지들끼리도) 내가 학교 갔다 일찍 왔을 때 아무도 반겨주지 않았다. 그리고 서울에 계신 작은 아버지 댁에 가서 서울구경 할 일도 없어졌다. 할머니의 부재는 친척관계의 단절이었다.

사실 우리 할머니는 무척 사나웠다. 힘도 세셨고, 기분도 그때그때 다르셔서 어머니가 무척 고생하셨다. 할머니가 돌아가신 날에도 어머니는 동네 사람들과 할머니께 당한 시집살이를 이야기하고 계셨다. 어떤 이는 호상이라고도 했고, 할머니가 병원에서 돌아오셔서 아직 누워계실 때 돼지 잡아야 하는 거 아니냐고 하던 사람도 있었다.

하지만 막상 할머니가 돌아가실 때 우리 가족은 많이 울었다. 근데 난 울 수가 없었다.

사실 할머니가 쓰러지시던 그날 아침, 난 한 번도 안 해본 생각을 했다. 형이 친구를 데려와 떠들며 밤새 노는데 옆방에서 주무시던 할머니께서 시끄러우셨는지 큰소리로 혼을 내셨다. 잠도 오고, 주변은 시끄럽고, 할머니는 옆방에서 큰소리로 뭐라고 하시고, 나도 모르게
'아, 졸려 죽겠는데. 할머니가 없었으면 좋겠다.'
라고 생각을 했다. 그런데 그 날 그렇게 쓰러지시고 정말 할머니는 돌아가셨다.

너무 슬펐다. 나 때문에 돌아가신 것 같은 생각에 눈물도 안 났다. 그

후로 나는 생각이라도 함부로 하지 말고, 말도 함부로 하지 않아야겠다고 다짐했다. 신기하게도 이 노래를 들었을 때 할머니가 떠오른다. 그리고 그 일이 마음에 걸려 아프다.

수지가 안 맞아

Jessie J,
〈Price Tag. Feat. B.O.B〉

Seems like everybody's got a price,
I wonder how they sleep at night..
When the sale comes first,
And the truth comes second,
Just stop, for a minute and Smile!
Why is everybody so serious?!
Acting so damn mysterious,
You got your shades on your eyes.
And your heels so high
That you can't even have a good time.

Everybody look to their left, (yeah!)
Everybody look to their right! (ha!)
Can you feel that? (yeah!)
We'll pay them with love tonight...

It's not about the money, money, money,
We don't need your money, money, money.
We just wanna make the world dance,
Forget about the price tag.
Ain't about the (ha!) cha-ching cha-ching.
Ain't about the (yeah!) ba-bling ba-bling,

Wanna make the world dance,
Forget about the price tag.

(Listen, okay.)
We need to take it back in time,
When music made us all UNITE!
And it wasn't low blows, and video hoes,
Am I the only one gettin'... tired?
Why is everybody so obsessed?
Money can't buy us happiness.
Can we all slow down and enjoy right now?
Guaranteed we'll be feelin' All right.

It's not about the money, money, money,
We don't need your money, money, money.
We just wanna make the world dance,
Forget about the price tag.

이 곡은 2011년 1월 발매된 싱글앨범 〈Who you are〉에 수록된 곡으로, 모든 것을 돈으로만
매기는 사회 분위기에 대해 "가격표는 떼어버리라"는 외침의 노랫말로 이루어진 곡입니다.

내가 초등학교 3학년 때 우리 아버지가 소를 사셨다. 젊고 튼실한 암컷이었다. 아버지는 소를 잘 먹여 되팔면 돈이 된다는 말을 들으시고, 대문 옆 외양간에서 부지런히 먹이셨다. 마른 벼를 잘라 여물을 만들고, 여물통에 부어주면 소는 큰 눈을 껌벅껌벅하며 열심히 씹었다. 나는 붓을 꽂은 듯 긴 속눈썹이 아래, 위로 움직이는 모양이 예쁘고 신기하여 넋을 놓고 바라봤다. 한밤에 화장실을 가다가도 슬쩍 문을 열고, 우리 소가 잘 있나 보면 차가운 밤공기 저만치 외양간 안에 안자고 우직하게 서 있는 소가 있었다. 마당에서 실컷 놀다가 문득 돌아봤는데 아직도 되새김질하고 있는 소에게

"너는 먹던 걸 다시 씹으면 맛있니?"

그리고 혼자 재밌어했다.

그러다가 아버지가 소가 임신을 했다고 하셨다. 아버지는 여물도 더 오래 끓이시고, 외양간 청소도 더 자주 하셨다. 어느 날, 어떤 분이 오셔서 유심히 소의 배를 보시더니 이번 주 내로 새끼가 나올 것 같다고 하셨다. 정말 며칠 뒤, 유난히 부산스럽게 들락날락 하는 소리에 깨보니 소가 새끼를 낳았다고 하셨다. 아버지는 좀처럼 꿈을 잘 안 꾸는데 꿈에서 자꾸 엄마가 다른 데로 장가가라고 해서 일어났더니 소가 혼자서 새끼를 낳느라 용을 쓰고 있었다며 '허허'하셨다.

나는 그 날 더욱 신이 나서 학교가 마치자마자 돌아왔다. 그런데 송아지가 벌써 서서 어미젖을 먹고 있었다. 굼뜨기만 하고, 씹기만 하던 소가 하룻밤 사이에 어른처럼 보여 그 후로 장난을 못 쳤다.

대신 송아지랑 놀았다. 송아지는 나만큼 호기심이 많았다. 마당에 사람이 없으면 슬금슬금 외양간에서 나왔다. 그러다 인기척이 들리면 서둘러 외양간에 돌아가는 것이었다. 나는 마당에 가만히 서 있다가 송아지가 다가오면 손을 뻗어 머리를 만져보려다가 번번이 실패하였다. 그 광경을 가만히 보고 있던 어미 소는 새끼가 돌아오면 꼬리를 들었다 내리며 흥흥 숨을 내쉬었다. 하지 말라고 혼내는 것 같았다.

얼마 뒤, 어떤 아저씨가 왔다. 아저씨는 며칠을 계속 우리 집에 왔다. 아버지는 몇 마디 나누다가 마시고, 바쁘다고 하시고 그랬는데 그래

도 자꾸 왔다. 그러다 아버지가 가만히 소를 보더니 다른 데서 이야기 하자고 하시고, 동네 초입 큰 나무 아래로 아저씨랑 가셨다. 나도 아 버지랑 있었는데 그 아저씨가 '얼마 준다, 얼마 준다'하시는 거다. 아 버지는 생각 좀 하자 하시더니 아저씨랑 멀찌감치 떨어져 앉아 나무 막대기로 흙에 숫자를 쓰시다가 지우고, 쓰시다가 지우고, 한숨 쉬고 하셨다.

"아이고, 형님 고집 못 이기겠네. 오십 더 드릴게. 나 이렇게 준 적 없 소."

아저씨가 두 손 두 발 다 들었다며 이제는 성화를 부렸다. 그리고 하 루 뒤, 그 아저씨는 트럭을 가지고 와 소와 송아지를 실고 갔다. 나는 빈 외양간을 황망하게 바라봤다.

"많이 받았네요."

어머니 말에 아버지는 말도 없이 일하러 나가셨다.

그 후로 동네 아주머니가 또 기를 거냐고 물으면 아버지는 '수지가 안 맞는다'고만 하셨다. 동네 아저씨도, 할아버지도 "잘 받았다며? 또 기를 거여?"라고 떠보셔도 그저 수지가 안 맞는다고만 말하실 뿐이 었다. 나는 우리 아버지 말씀이 옳다고, 수지가 안 맞는다고 혼자 끄 덕거릴 뿐이었다.

이해합니다

🌱 IZ, 〈응급실〉

후회하고 있어요, 우리 다투던 그날.
괜한 자존심 때문에 끝내자고 말을 해버린 거야.
금방 볼 줄 알았어. 날 찾길 바랬어.
허나 며칠이 지나도 아무소식 조차 없어.
항상 내게 너무 잘해줘서 쉽게 생각했나봐.
이젠 알아. 내 고집 때문에 힘들었던 너를.
이 바보야, 진짜 아니야. 아직도 나를 그렇게 몰라.
너를 가진 사람 나밖에 없는데
제발 나를 떠나가지마.
언제라도 내 편이 돼준 너.
고마운 줄 모르고
철없이 난 멋대로 한 거 용서할 수 없니.
이 바보야, 진짜 아니야. 아직도 나를 그렇게 몰라.
너를 가진 사람 나 밖에 없는데
제발 떠나가지마.
너 하나만 사랑하는데 이대로 나를 두고 가지마.
나를 버리지 마. 그냥 날 안아줘.
다시 사랑하게 돌아와.

이 바보야, 진짜 아니야. 아직도 나를 그렇게 몰라
너를 가진 사람 나밖에 없는데
제발 나를 떠나가지마
언제라도 내 편이 돼준 너

그와 헤어지고, 호기심에 온라인 소개팅앱에 가입했다. 종종 몇 사람이 내게 관심을 표현했고, 그 중 한 남자가 요청한 대화.

영혼의 따뜻한 동행을 할 분을 찾습니다. 한번 뵙고 이야기 나눠보고 싶습니다.

'영혼의 따뜻한 동행…?'
뭔가 부담스러웠지만 일단은 대화를 수락했다. 그러자 번호를 알고 싶다했고, 퇴근시간 전화가 왔다. 우수한 대학, 우수한 직장. 잘난 사람이었다. 목소리가 자신 있었는데,
"제가 아까 만나고 싶다고 한말 보셨죠?"
이상하게 그 말이 걸렸다. 그의 카카오스토리 사진들에는 그의 사진 외에는 아무것도 없었다.

'자기 말고 소중한 게 있는 사람일까?'
나는 약속을 잡자는 그의 말을 얼버무리며 넘어갔고, 그는 답장도 않는 내게 계속 메시지를 보내왔다. 그러다 그가 말했던 날짜를 미뤄야할 것 같다며 통화 가능하냐고 물었다. 일찌감치 그의 원맨쇼에서 멀어지고 있었고, 눈치를 채겠지 싶어 나는 답하지 않았다.

그러자 잠들기 전,

사람을 어떻게 이렇게 무시할 수 있습니까?
약속을 정해놓고 이게 뭐하는 행동입니까?
어떻게 이렇게 예의가 없을 수 있습니까? 기분이 상당히 나쁘군요.
아니, 사람을 한번 만나보지도 않고 이런 경우가 어디 있습니까?
안타까운 마음이네요.
대화창 나가주세요. ㅈㅅ

띄엄띄엄 시간차를 두고 그가 보낸 메시지.
미안했지만 다행스럽기도 했다. 아니 화가 났다. 내가 그에게 관심이 없는 게 죄인가? 그러다가 문득 누구나 사랑에는 약자구나. 진짜 잘

난 이 사람도 이토록 약하구나. 그런 생각이 스쳤다.

나는 누군가에게 계속 사랑받을 수 있을 줄 알았다. 그런데 언제부턴가 사랑을 구걸하고 있었다. 결국 나는 그런 내가 싫어 그와의 관계를 정리했다. 그 사람도 안타깝고, 아팠던 나도 안타깝고. 그래서 앞으로는 사랑 앞에서 센 척하지 말아야 겠다고 생각이 들었다. 내가 누구든, 뭘 가졌든. 참 안쓰러운 밤이다.

컴컴한 밤은
나를 다시 일으켜

 리쌍,
〈회상〉

울 엄마가 나를 뱃을 때 앉아서 잠을 잤대
내 발길질 땜에 그렇게 난 뱃속에서부터 말썽을 피웠어
중학교 땐 반장 때려서 얼굴에 구멍이 났고
엄마는 무릎 꿇고 울었어 내 앞에서 밤새도록
그래서 그 뒤론 나는 싸움 안 해
깡패 될까봐 밖에 나갈 때마다 싸우지 말라고 내게 말해
커서 난 뭐가 될까 마우스 커서처럼
큰 세상을 나가지 못할까 걱정했지만
꿈을 꿨어 스물여섯 늦은 나이에 난 맘을 잡았어
젊은 날에 방황 가난 바람 같은 인생은 누구나 다 겪는 일이라며
나를 위로하며 매일 밤 꿈을 위해 난 글을 썼어

　이렇게 살아온 인생
　또 이렇게 살아갈 인생
　변하지 않을 내 삶의 노래 노래 노래

　오르락내리락 반복해
　기쁨과 슬픔이 반복돼
　사랑과 이별이 반복돼
　내 삶은 돌고 도네 (X2)

생각보다 잘됐지 리쌍 1집
떠도는 집시처럼 지친 인생에 빛이 보이고
믿기 힘든 사랑이 내게 찾아왔어

그녈 위해 부를 수 있는 사랑 노래 리쌍부르스
내가 글을 쓴 후로 가장 아름다운 노래
하지만 그녀의 웨딩드레스는 결국 나를 위한 것이 아니었어
물론 내 잘못이 컸지만 어찌나 힘이 들던지 그날 밤 술을 펐지
난 이 젊은 날에 방황
가난 바람 같은 인생은 누구나 다 겪는 일이라며 나를 위로 했지만
아픔은 찾아왔어 음
악으로 번 돈 전부 떼이고 나는 벚꽃처럼 잠시 피고 졌고
또다시 맨손으로 노를 젓고

이렇게 살아온 인생
또 이렇게 살아갈 인생
변하지 않을 내 삶의 노래 노래 노래

오르락내리락 반복해
기쁨과 슬픔이 반복돼
사랑과 이별이 반복돼
내 삶은 돌고 도네 (X2)

느지막이 시작한 방송생활이
날이 갈수록 재밌어
돈은 많이 벌진 못해도
사람 땜에 받은 상처 사람으로 다시 메꿔
될 때까지 노력하는 유재석 그 성실함을 배워

나를 다시 깨워 게으르게 했던 음악이 요즘 너무 재밌어
매일매일 내 정신은 깨 있어
음악 관두겠다던 나를 매일 찾아왔던 매니저 최부장처럼
나는 다시 달리는 레이서
이 젊은 날에 방황
가난 바람 같은 인생은
누구나 다 겪는 일이라며 나를 위로했던 그때처럼

다 겪어 봤으니 꺾이지 않아
고통은 껌처럼 씹어
컴컴한 밤은 나를 다시 일으켜
나를 다시 일으켜

오르락내리락 반복해
기쁨과 슬픔이 반복돼
사랑과 이별이 반복돼
내 삶은 돌고 도네 (X2)

사극에 그런 말 많이 나오잖아요. '왕후장상의 씨가 따로 있습니까?' 그런데 사랑은 할 수 있는 사람들이 따로 있는 것 같아요.

저는 배우입니다. 사람들이 내게 눈빛이 예사롭지 않다고 그러더라고요. 무섭다고요. 처음부터 그런 거 아닙니다. 살다보니 그렇게 됐어요. 고등학교 졸업하고, 집안 사정도 있고 해서 대학에 안가고, 바로 극단에 들어갔어요. 가서 심부름부터 도맡아 했습니다. 그러다가 역할 하나 맡으면 정말 미친 듯이 연습하고 그랬습니다. 그런데 내가 아무리 그렇게 해도 어떤 애들은 갑자기 나타나서 주인공하고 그러더라고요. 극단 대표 아들, 친척, 어디 소속사. 그래도 결국 실력 있는 사람이 남는 거라고 이를 악물고 연습했습니다.

배역을 준다고 하면 돈은 천천히 줘도 괜찮으니 일단 시켜만 달라고 그랬습니다. 그러다 보니 역할도 늘고, 영화 단역 제의도 들어오고, 제게도 쨍하는 날이 오는구나 싶었죠. 그런데 배역을 맡겨놓고, 나 같이 빽 도 없는 애들한테는 연극은 올리면서 몇 달째 돈을 주지 않는 겁니다. 저 말고도 돈 못 받은 애들 많았죠. 정말 화가 나더라고요. '내가 끝까지 찾아가서 받는다. 두고 봐라.' 애들한테 그렇게 말하고, 끈질기게 찾아갔습니다. 나도 그렇지만 계속 그런 식으로 다른 사람들 꿈까지 짓밟는 거 정말 싫었습니다. 찾아가고, 또 찾아가고 그러니까 나중에는 욕하더라고요. 못 참고 주먹다짐을 했습니다. 그 뒤로 소문이 나서 다른 무대에서도 저를 잘 안 세워주려고 하더라고요. 돈은 벌어야 하겠고, 그 때부터 행사를 뛰기 시작했습니다. 결혼식, 돌잔치, 사내기업행사. 가리지 않고 했습니다. 그러면서 사람 상대하는 거 이골이 났어요.

그러다가 어느 모임에서 여자를 알게 됐는데, 어느 모임인지는 차마 창피해서 말을 못하겠네요. 저보고 그런데도 다니느냐고 할까봐. 정말 저랑 다른 세상에 사는 것 같은 여자를 알게 됐어요. 구김도 없고, 예쁘고, 선량하고. 주제를 알았어야 했는데 그녀와 사랑에 빠졌습니다. 이런 사람도 있구나, 이런 세상도 있구나. 세상이 이렇게 따뜻할 수 있구나. 정말 달콤한 꿈을 꿨습니다. 정말 다 주고 싶었고, 다 바쳤어요. 시간, 돈, 마음, 미래. 그렇게 미친 듯 사랑을 했는데 저를 보는 그녀의 부모님과 친구들의 반응이 저를 움츠러들게 했습니다. 그녀도 결국 어쩌지 못하고 저를 떠났습니다. 저랑 전혀 다른 사람과 만난 다고 하더군요. 처음부터 그런 사람이 어울렸던 거죠. 어딜. '사랑에도 신분이 있구나…' 그때 느꼈습니다.

아무렇지 않은 척 했지만 그래도 꽤 한동안 아무 일도 하지 않았습니다. 뭐부터 어떻게 해야 할지도 모르겠고, 어차피 부르는 곳도 없었고요. 그러다가 먹고 살기는 해야 하고, 할 줄 아는 게 연기 밖에 없어서 결국 다시 배우가 됐습니다. 물론 지금도 수입이 부족해서 행사를 뛰고 있어요. 가끔 대리운전도 하고요. 배우라는 직업은 하고 싶어 한다는 이유만으로 지불해야 할 대가가 참 많다는 생각이 들어요. 빛을 보는 사람이 많지도 않고요.
그래서 제 눈에 독기가 이글이글 한 겁니다. 그래도 요즘 다시 '이런 역할은 저 사람처럼 연기하면 좋겠다…' 사람들 만나면 나이, 성별, 직업 따라 나중에 비슷한 역할 할 때 어떻게 연기할지 영감을 받아요. 다시 해볼랍니다. 저 아직 살아있습니다.

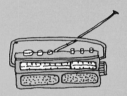

Part 3

수고했어 오늘도

언제나 더 좋은 날을 고대했지만
25만 원 월세 방에서 샤워하고 나온 내 등에 묻은 물을
잘 좀 닦으라며 언니가 쓱쓱 닦아줄 때
그 때 내가 행복한 줄 몰랐던 것처럼
어쩌면 내가 가장 행복했다고 말할 나의 지금들
그러니 오늘에 충분히 고마워하며

I live, 살아있자!

🎵 박정현, 〈Song for me〉

그저 무작정 혼자 버스에 몸을 실었지.
창밖의 사람들 멍하니 보며 혼자서 웃고 울지.
내게도 미래가 있을까. 되는 일 하나도 없는데.
꿈꾸는 대로 된다는데, 간절히 원하면 된다는데, 그건 너무 먼 얘기.
지금 나에게 필요한 건, 작더라도 손에 닿을 희망.
세상이라는 무거운 짐을 힘들지 않게 느낄 수 있는 용기.

친구들을 만나도 속마음은 숨기게 돼.
어둡고 좁은 집에 돌아오면 또 다른 외로움이.
잘 지내냔 엄마의 전화, 끊고 나면 한없는 눈물.
꿈꾸는 대로 된다는데, 좋은 생각만 가지라는데, 아직 늦진 않았어.
힘든 기억도 추억이 돼. 편하기만 한 여행은 없잖아.
언제까지나 미룰 순 없어. 작은 기적은 내가 시작해야 해.

길고도 좁던 저 골목 모퉁이,
돌아설 때면 상상도 못할 멋진 세상 기다리고 있겠지.
이대로 주저앉진 않아.
바보같이 울지도 않을 거야. 어리광도 안 할래.
내가 얼마나 소중한지 세상에 맘껏 소리쳐줄 거야
세월이 흘러 생의 끝자락 뒤돌아볼 때 후회 없도록
한 점의 후회 갖지 않도록. I live. I live.

잘 지내냔 엄마의 전화, 끊고 나면 한없는 눈물
꿈꾸는 대로 된다는데, 좋은 생각만 가지라는데
아직 늦진 않았어
힘든 기억도 추억이 돼. 편하기만 한 여행은 없잖아
언제까지나 미룰 순 없어

삑―

도서관 출입증을 찍고, 지하 1층 열람실로 들어섰어. 휑한 책상 위로 드문드문 보이는 어두운 계열의 뒷모습. 오늘은 내 학번을 민망하게 하지 않는 농축된 얼굴들. 집에서 눈치 보다 온 엉덩이로 비집고 앉아 있었어.

'오늘을 소비하는 것이 행복인가? 내일의 행복을 기대하며 오늘은 축적하는 것이 행복인가?'

나는 그날도 후자를 택했어. 3000원 남짓한 돈으로 점심으로 해결할 만한 것이 뭐가 있을까 고민하다가 구운 계란과 우유를 사고, 졸릴 때 씹으려고 젤리를 샀어. 뭐, 괜찮아. 나는 어차피 점심 때 많이 먹지 않으니까. 그러다 문득. 새해라고 남자친구와 저녁에 분위기를 잡을, 꼬박꼬박 월급을 타 좋은 화장품을 챙겨 바르는 생기 넘치는 언니가 생각났어. 나는 얼마 전, 최종면접에서 떨어졌지. 용돈? 바라지 않아. 생계비라도 보태주면 안 될까. 자존심이 상해서 먼저 말하지 못하는 걸 모를까. 괜히 혼자 울컥했지……만, 인생은 내 두 다리로 서야 하는 거니까. 의존하려는 나를 다시 삼켰어.

비이익.
신문에 빠져 세상에 날을 세우고 있는데 엄마에게 문자가 왔어.

우리 공주. 2011년 마무리 잘 하고, 2012년에는 우리 공주가 하고 싶은 것들 다 할 수 있을 거야.

시큰.

"엄마? 하하하. 문자 뭐야. 어. 먹었지. 도서관이야. 아니야, 공부해야지. 돈? 아직 있어. 안 모자라. 응. 엄마도 새해 복 많이 받아."

차마, 용돈이 떨어졌다는 말을 못했어. 30만원으로는 교통비, 휴대폰 비 내고, 씀씀이가 다른 고시반 친구들과 어울릴 수 없어서 요즘은 따로 밥을 먹는다고 말을 못했어. 어떻게 말을 해. 엄마는 남동생도 챙겨야 하시는데.

마음을 달래보려고 라디오를 듣는데 이 노래가 나오는 거야. 열람실 책상 위에 눈물이 뚝뚝 떨어졌어. 정말 그럴 수 있을까? 길고도 좁은 도서관 입구, 고시, 면접장을 다 지나면 상상도 못할 멋진 세상이 펼쳐질까. 정말 내가 그런 세상을 맞이할 수 있을까? 기도했어. 신이 계신다면, 정말 신이 계신다면 제발 여기서 끝나지 않게 해달라고. 제발 이 책상에서 내 인생이 끝나지 않게 해달라고.

그래서 어떻게 됐느냐고? 그 책상은 벗어났어. 하지만 조금씩 알게 돼. 여전히 내 앞은 길고도 좁을 거라는 것을. 하지만 아는 게 하나 더 있지. 희망은 손을 뻗어야 닿는 다는 것을. 걸어가야 기적을 볼 거라는 걸.

　　세월이 흘러 생의 끝자락 뒤돌아볼 때 후회 없도록
　　한 점의 후회 갖지 않도록. I live. I live.

살아야 해. 살아야 해. 또 웃어야 해.
기억해. 세상은 우리에게 참 수동적이야.

이 노래는 나의 편

MC Sniper,

〈Gloomy Sunday〉

우울한 오후 사랑의 질투는 실수를 연발해.
참회 부서진 그대의 눈물 세상을 차게 적시네.
숨이 막힐 듯 벅차 오르던 달콤함을 잊은 채
영문도 모르는 시린 사랑에 오열의 찬가를 부르네.
천사의 눈물에 내 눈물 감추게 태풍을 내게로 부를 땐
하늘을 여네. 마음의 상처를 달빛에 모조리 녹이게
어둠이 선율에 젖어 우네 작별의 흔적을 남긴 채
돌이킬 수 없는 사랑에 이별을 반가이 맞이해.

저 하늘이 나의 영혼을 괴로움에 빠쳐도
어차피 내겐 삶의 시련 하늘은 언제나 나의 편
하늘은 언제나 나의 편
구름 뒤의 절망의 빛이 내 등 뒤에 모두 숨어도
하늘은 언제나 나의 편

아무리 가르고 갈라도 피할 수 없는 우리 내 운명은
내가 믿는 신의 선택 하늘은 언제나 나의 편
들려라, 나의 목소리 너의 귓가에 들리게
울분이 터지는 오열 속에도 하늘은 언제나 나의 편

우울한 오후 두려움과 외로움에 밤을 새
그대가 버려둔 나의 영혼이 어둠과 나란히 잠들 때

찾기 힘든 여유와 자유를 끊임없이 갈망하던
나의 욕망이 절망 속에서 남은 사랑을 전해

가슴속의 멍에와 비애 생각의 장애를 남긴 채
알 수 없는 고독의 향기도 나의 몸을 감싸네.
오선지에 그려진 슬픔 영혼을 찾는 노래가
같은 눈물을 흘리는 이 밤 나를 부를까 걱정돼.

서울 땅은 내 것이 아닌 설 자리를 주지 않아.
어머님의 눈물을 통해 날개를 잃은 나를 발견
그래도 하늘은 나의 편 상처뿐인 날개 짓에
꿈과 희망을 모두 잃어도 그래도 하늘은 나의 편

아무리 울고불고 내가 발버둥쳐도 떠나가.
잃지 않으려 바랬던 것들 나의 곁을 달아나.
날개 짓을 멈추지 않은 저기 새들과 함께 날아가.
떠날 것들은 떠나가 아무리 끌어안아도 가.

하늘은 언제나 나의 편
저기 길 잃은 별들과 함께 삶의 희망을 모두 잃어도
하늘은 언제나 나의 편, 하늘은 언제나 나의 편
신에게 그대를 빼앗긴 내가 영혼을 팔아 곁으로 가기에

하늘은 언제나 나의 편, 하늘은 언제나 나의 편
하늘은 언제나 나의 편
그대를 잃어도 사랑을 하기에 하늘은 언제나 나의 편
노래를 멈춘 슬픈 새들과 나는 침묵을 지키네
돌이킬 수가 없기에 그래도 하늘은 나의 편

언제, 어디에서부터 이 노래가 내게 의미가 있었던 건지 솔직히 잘 모르겠다. 다만, 2004년 11월 16일 대입수능을 앞두고도 하루 종일 이어폰을 귀에 꽂고 이 노래를 들었던 기억이 난다. 우울한 전주, 비장한 멜로디, 이해할 수 없는 가사. 하지만 '하늘은 나의 편'이라는 가사가 반복될 때마다 묘한 카타르시스를 느끼며 내 마음을 가다듬었던 것이다.

고등학교 3학년, 누구나 겪는 시간이지만 절대 쉽지 않은 시간. 나 역시 모의고사를 치를 때마다 편차가 심한 점수 때문에 힘들 때가 많았다. 어느 날은 나 스스로도 놀랄 정도로 좋은 점수를 맞다가도, 어느 날은 믿을 수 없을 정도로 떨어진 성적을 확인하고, 과연 공부를 하는 게 소용이 있을까 절망한 적도 있다. 감정 상태에 따라 크게 달라지는 성적 때문에 스스로 평정심을 유지하는 것이 쉽지 않았다. 부모님과 주위 사람들의 불안한 시선도 나를 더 조급하게 했다.

그즈음부터 나는 학교 옥상에 올라가 뻥 뚫린 운동장을 내려 보며 이 노래를 듣기 시작했다. 아무도 없는 옥상에서 바람을 맞으며 한참을 듣다 보면 신기하게 마음이 차분해졌다.

그때부터 중요한 일이 있을 때마다 이 노래를 들었다. 면접 전 날, 심야버스를 타고 아픈 엄마가 계신 곳으로 갔던 날, 힘든 날, 그리고 너무 힘든 날. 그런 날에는 이 음악을 찾곤 했다. 노랫말처럼 하늘이 언제나 나의 편일지는 확실치 않지만, 노래와 정이 들 수도 있는 것일까? 내게 용기를 북돋아 준 이 노래를 들을 수 없다면 이제는 정말 서운하고 슬플 것 같다.
살면서 어떤 어려운 난관을 또 만날지 모르겠다. 하지만 이 노래가 있기에 적어도 비빌 언덕은 있는 것 같아서 위안이 된다.

상처 하나에 빈칸 하나

커피소년, 〈상처는 별이 되죠〉

상처투성이 눈물쟁이 절망투성이 외롬쟁이
그대에게 꼭 말하고 싶은 하늘의 비밀

상처는 별이 되죠. 상처는 별이 되죠.
눈물 흘린 그 만큼 더욱 빛나죠.

상처는 별이 되죠. 상처는 별이 되죠.
아프고 아픈 만큼 더 높이 빛나죠.

조금만 더 참아요. 조금만 더 견뎌요.
그대의 그 눈물로 세상 비추죠.

그냥 크게 웃어요. 다 지나갈 거예요.
겨울 지나 꽃 피죠. 랄라라 랄랄라

상처는 별이 되죠. 상처는 별이 되죠.
눈물 흘린 그 만큼 더욱 빛나죠.

상처는 별이 되죠. 상처는 별이 되죠.
아프고 아픈 만큼 더 높이 빛나죠.

가슴 시린 그 만큼 더 높이 빛나죠.
외롭고 외로운 만큼 더 높이 빛나죠.

계수

동네 형한테 맞고 왔는데 왜 맞고 왔느냐고 아버지한테 맞은 거.
한 개
아무 짓도 안했는데 선생님이 나라고 한 거. 한 개
사랑한다고 믿었는데 우리 부모님이 돈 없다고 사랑이 떠난 거. 한 개
만나던 사람이 한 달도 안 돼 다른 사람한테 찝쩍거리는 거 본 거.
한 개
이유 없이 맞은 거. 한 개
이유 없이 욕 들은 거. 한 개
열심히 했는데 친구는 붙고 나는 떨어진 거. 한 개
소개팅 나갔다가 못 생겼단 말 들은 거. 한 개
좋아하던 사람이 돼지라고 놀린 거. 한 개
사람들 다 있는데서 상사한테 무시당한 거. 한 개
(   )거. 한 개
(   )거. 한 개
(   )거. 한 개
(   )거. 한 개
(   )거. 한 개
(   )거. 한 개
(   )거. 한 개
(   )거. 한 개
(   )거. 한 개
(   )거. 한 개
(   )거. 한 개
(   )거. 한 개
(   )거. 한 개

우와, 너 별 많다. 더 빛나겠다.

너는 위로다

커피소년, 〈내가 니 편이 되어줄게〉

누가 내 맘을 위로할까.
누가 내 맘을 알아줄까.
모두가 나를 비웃는 것 같아.
기댈 곳 하나 없네.

이젠 괜찮다 했었는데
익숙해진 줄 알았는데
다시 찾아온 이 절망에 나는 또 쓰려져 혼자 남아있네.

내가 니 편이 되어줄게.
괜찮다 말해줄게.
다 잘 될 거라고, 넌 빛날 거라고.
넌 나에게 소중하다고.

모두 끝난 것 같은 날에 내 목소릴 기억해.
괜찮아, 다 잘 될 거야.
넌 나에게 가장 소중한 사람

내가 니 편이 되어줄게.
(니가 잘 되길 바라.)
(니 편이 되어 줄게.)

이젠 괜찮다 했었는데 익숙해진 줄 알았는데
다시 찾아온 이 절망이
나는 또 쓰러져 혼자 남아있네
내가 니 편이 되어줄게
괜찮다 말해줄게

힘들었다. 누군가와 짧고 싱거운 만남을 정리하고, 또다시 외로웠던 나의 자리로 돌아왔다. 사람들이 여러 이유를 추측하며 나를 판단하는 것 같았다. 혼자 기죽어 있는 시간이 싫어서, 잠자리도 편하지가 않아서 유난스럽게 일찍 출근했었다.

새벽. 이른 출근길. 세상이 서울과 나, 이렇게 두 가지로 느껴졌다. 저녁 퇴근할 무렵이면 엄마가 밥하는 소리가 그리웠다. 해가 뉘엿뉘엿 넘어갈 때쯤 동네 어른들이 돌아오는 경운기 소리가 그리웠다. '나 열심히 집 지키고 있었어요.' 과시하듯 별만 봐도 짖는 우리 집 강아지 소리가 그리웠다. 모기향 타는 소리가 그리웠다. 찌르찌르, 개굴개굴, 컹컹컹컹. 그 소리가 그리웠다. 그곳에서는 나도 그 소리와 하나였는데, 화장기 없는 얼굴로 순박하게 웃는 내가 원래 나인데, '서울'과 '나'뿐이었다. 누가 나를 좀 지켜줬으면 좋겠다, 누가 나를 지켜줬으면 좋겠다. 그런 마음을 남몰래 했다.

그러다가 좀 불쌍한 남자를 알게 됐다. 이제 갓 서울에 상경해 다 생소한 얼굴. 뭔가 하고 싶어 하는 것 같긴 한데 막연해 보이고, 특별히 밀어주는 사람은 없어 보이는. 그런데 이 남자, 말이 따뜻했다. 그리고 말처럼 손도 따뜻했다. 차가운 내 손을 금방 따뜻하게 데워줬다.

그 남자는 자꾸 찾아왔다. 지하철 막차를 놓쳐서 나의 집 근처 찜질방에서 자는 날이 많아졌다. 9시, 10시, 11시, 12시. 언제든지 집 앞으로 찾아왔다. 1시간이 걸리든, 2시간이 걸리든, 1시간밖에 못 자든, 2시간밖에 못 자든 기다렸다. 출근했다가 다시 왔다. 오해하고 울고 있으면 문을 두드리고, 전화를 하고, 벨을 눌러댔다. 어떻게든 해결해보려고 안절부절못하며 기다렸다.

맥없이 전화를 끊으면 다시 전화가 오고, 오후도 힘내라고 매일 아침 기합을 넣어줬다. 그가 준 감기약, 소화제, 비타민C, 장미꽃, 책이 거실과 책상을 채우고, 목에는 남자가 준 목걸이를 하고. 자꾸자꾸 뭔가 나오는 남자였다. 받다가 문득, 이 남자는 내가 안 볼 때 어떻게 살고 있는 걸까? 밥을 거르는 건 아닐까? 궁금해졌다.

"자기는 밥은 안 먹고 왜 이렇게 반찬만 먹어."
"도대체 이렇게 고기를 안 먹고 어떻게 살지? 풀만 먹지 말고, 고기도 좀 먹어."
"오늘 뭐 하고 싶은 거 없어?"
"무서운 꿈꾸면 언제라도 괜찮으니까 전화해."
"좋은 하루 보내."
"오늘도 수고했어."

그는 알까? 그 시간 그의 존재가 내게 얼마나 큰 힘이 됐는지. 끊임없이 사랑을 의심하고, 도망치다가도 여전히 내가 더 도망칠 새도 없이 손을 내뻗어 준 그로 인해 내가 사랑을 믿게 되었다는 걸, 그가 있기 때문에 이제 나의 서울이 따뜻해졌다는 것을.

내가 제일 잘 나가

내가 제일 잘 나가 (X4)
Bam Ratatata Tatatatata (X4)
Oh my god

누가 봐도 내가 좀 죽여주잖아
둘째가라면 이 몸이 서럽잖아
넌 뒤를 따라오지만 난 앞만 보고 질주해
네가 앉은 테이블 위를 뛰어다녀 I don't care

건드리면 감당 못해 I'm hot hot hot hot fire
뒤집어지기 전에 제발 누가 날 좀 말려

옷장을 열어 가장 상큼한 옷을 걸치고
거울에 비친 내 얼굴을 꼼꼼히 살피고
지금은 여덟 시 약속시간은 여덟 시 반
도도한 걸음으로 나선 이 밤

내가 제일 잘 나가 (X4)

내가 봐도 내가 좀 끝내주잖아
네가 나라도 이 몸이 부럽잖아

남자들은 날 돌아보고 여자들은 따라해
내가 앉은 이 자리를 매일 넘봐 피곤해

선수인척 폼만 잡는 어리버리한 Playa
넌 바람 빠진 타이어처럼 보기 좋게 차여

어떤 비교도 난 거부해 이건 겸손한 얘기
가치를 논하자면 나는 Billion dollar baby
뭘 좀 아는 사람들은 다 알아서 알아봐
아무나 잡고 물어봐 누가 제일 잘 나가?

내가 제일 잘 나가 (X4)

누가? 네가 나보다 더 잘 나가?
No no no no!
Na na na na! (X4)
Bam Ratatata Tatatatata (X4)
Oh my god

나는 집중력이 있다.

나는 상처를 받을지언정 상처를 주지 않는다. (남자 제외)

나는 사치를 부리지 않는다.

네일아트, 피부관리에 돈을 쓰지 않는다.

나는 부모님을 기쁘게 하고 싶다.

혼자 집에 계시는 아버지에게 일주일에 2~3통 전화를 빠트리지 않는다.

나는 새벽에 일어난다.

나는 내 월세, 핸드폰비, 교통비, 모든 경제적인 부분을 스스로 해결할 줄 안다.

나는 신문을 읽는다.

나는 많이 생각하고 돈을 쓴다.

나는 예쁘장하다.

나는 세탁기에 모든 빨래를 돌리지 않고, 손빨래도 한다.

흰 옷과 두꺼운 옷, 양말과 속옷을 구분해 빤다.

나는 운동의 필요성을 알고, 일주일에 1~2번이라도 하려고 한다.

나는 감성적이다가도 이성적이다.

나는 책을 좋아하고, 글을 쓸 줄 안다.

나는 인생을 살면서 내가 잘 할 수 있는 것 한가지만이라도 달라고 기도했고, 그렇게 되리라 믿는다.

나는 책임감이 있다.

시간 약속, 자리 약속은 지킨다.

나는 응용력이 있다.

패션, 요리, 인간관계 배운 것을 적용할 줄 안다.

나는 치료를 받을 때 잘 참는다.

치아교정, 레이저 시술, 스트레칭 다 잘 참는다.

나는 부담스럽지 않게 화장을 한다.

나는 집을 나서기 전 옷과 이불을 정리한다.

나는 지하철을 타면 이 시간을 어떻게 쓸지 고민하고, 효율적으로 쓰려고 시도한다.

나는 보답한다.

감사한 마음을 표현한다.

이건 그냥 내 기준.
아하하하하하.
나는 잘났다.

백수와 치간칫솔

허각, 〈백수가〉

내 늦잠을 깨우는 햇살이 비추면
그제서야 졸린 눈 비비며 하루가 시작돼.
오늘은 무얼 할까 한참을 고민 하다
담배 한 개피 물고 창가에서 먼 산만 봐.

오늘 따라 왠지 멀게 보이는
저 하늘에 내 모습을 비추어본다.
꿈을 잃어 버린 소년의 노래를
불러본다. 저기 저 하늘을 향해.

그래도 달려 갈 거야. 널 위해
누가 뭐래도 포기 않을 거야.
지금 나를 비춰주는 모든 것들이 빛을 잃을 때까지
잠시 길을 잃어버린 거라고
처음부터 다시 시작할거라고 네게
조심스레 다짐해본다.
걱정하지 마. 잘 될 거야.

꿈을 안고 살아가는 지금이
조금은 힘들고 지치기도 해.
가끔씩은 지나간 일 생각하면서 후회하기도 하지만
잠시 길을 잃어버린 거라고
처음부터 다시 시작할거라고 네게
걱정하지 마. 잘 될 거야.

잠시 길을 잃어버린 거라고
처음부터 다시 시작할거라고 네게
조심스레 다짐해본다
걱정하지 마. 잘 될 거야

저는 백수입니다. 어머니에게 30만 원 용돈을 받아쓰는 백수입니다. 취업준비를 한지 오래됐습니다. 그래서 적은 돈으로 살아가는 방법을 고민하다보니 나름의 생활 원칙이 생겼습니다.

1. 세탁소에 옷을 맡기는 대신 두꺼운 스카치테이프로 그 때 그 때 옷에 붙은 더러운 먼지를 제거한다. 2. 장은 대형할인마트에서 본다. 그래야 '2+1' 상품 혜택을 누릴 수 있으니까. 3. 과일은 마트가 아닌 과일가게에서 산다. 그래야 '덤'을 얻을 수 있다. 4. 집에 있는 추석선물세트, 설 선물세트 가져가라고 할 때 챙겨온다. 5. 계란 후라이를 하고 나서 기름을 바로 닦아내지 않고, 덮어놨다가 다시 후라이를 한다. 6. 겨울에 난방 온도를 낮추고, 양말을 신는다. 7. 식당에 가면 휴지를 챙겨온다. 등등.

그런데 그렇게 아끼고 아껴도 어느 날 후배 녀석들 하고, 밥이라도 먹으면 안 사 줄 수도 없고, 늘 부족합니다. 그래서 추가했습니다.
8. 선배가 아니면 만나지 않는다. 그래도 한 달이 못돼 돈이 다 떨어졌지요.

3일 후면 어머니가 용돈을 넣어주시는 날이라 버텨보려고 했는데. 제가 치아와 치아 사이가 살짝 벌어져있거든요. 그래서 이물질이 많이 낍니다. 근데 뭘 먹고 그랬는지 어금니 사이에 뭔가 끼여서 잇몸이 아픈데 치실도 없고, 치간 칫솔도 없는 겁니다. 손으로 빼려고 해도 안 보이고. 설마 몇 천원 없겠나 싶어서 가게 들어가서 치실을 골라 카드를 드렸는데 잔액부족이 뜨더군요. 한두 번 있는 일도 아니고 해서 죄송하다고 하고, '집에 가서 실로 해봐야지' 했지요. 아, 근데 어디를 갔는지 어머니가 챙겨주셨던 실이 안보여요. 잇몸은 계속 아프고. 뭔가 잇몸 사이에 긴 이물질을 빼줄만한 게 없을 까 찾고 찾아도 없어요. 와… 밤에 잠을 자려고 하는데 계속 불편하고. 그래서 다시 깼습니다.

그렇게 불 꺼진 자취방에서 누웠다가 일어나 앉았는데, 순간 옷걸이가 보이면서 잘 입지도 않고, 그렇다고 버리기는 귀찮아 걸어놓은 옷이 보였습니다. 불을 켜고, 가위를 들고, 단추를 꿰맨 실의 매듭을 찾아 자르고, 실이 너무 짧아서 몇 번을 실패를 하다가 드디어! 잇몸사이 낀 이물질을 빼낼 실을 구했습니다. 그리고 어마 무시한(?) 음식물 찌꺼기를 빼냈습니다. 그렇게 간만에 편안한 기분을 만끽하면서 자리에 누웠는데, 참, 어떻게든 사는구나 싶어 피식 웃었습니다.

하아.

입사 지원한 회사에서 계속 떨어지고, 돈도 없고, 심지어 치실 하나 못 샀는데, 그렇게 잇몸 사이 찌꺼기를 빼니까 희한하게 평화가 찾아옵디다. 안 입는 옷의 너덜너덜한 실이 생각보다 쓸모 있었던 것처럼 나 같은 사람도 어느 날 사회가 아쉬워 할 날이 오지 않을까란 생각이 들었거든요. '다 쓸데가 있는 거지. 아쉬울 때가 있는 거지. 짚신도 짝이 있다는 데, 내가 일할 짝도 있겠지. 어떻게든 산다.' 그러면서 그 날 간만에 속 편히 잤습니다. 어쩌겠습니까? 걱정한다고 달라집니까?

이 땅의 백수들. 힘내십시오!

어찌 지내, 밥 먹자

이승기, 〈친구〉

수많은 사람 중에 서로를 마주 보네.
기억이라는 끈을 이어서 그려온 같은 곳.
그래, 빠르게 변해가는 풍경 속에도 넌 쉴 곳이 돼주고
돌아보면 왜 난 늘 너에게 받기만 했을까.
잠시 내 맘 꺼내놓을게.
서툰 얘기겠지만
난 있잖아. 나 흘린 눈물보다
소리 죽이며 몰래 내뱉던 작은
너의 한숨을 달랠게.
넌 언제나 당연한 듯 참아온
힘들었던 맘 내게 덜어주길 바래.
나 듣고 있을게. 나 듣고 있을게.
오래된 사진을 들여다보는 것처럼
넌 여전히 해맑은 웃음으로 괜찮다 했지만
스친 너의 눈빛 그 안에 말 없는 이야기들이
잠시 내 맘 귀 기울여 달라고 노을에 번지네.
난 있잖아 나 흘린 눈물보다
소리 죽이며 몰래 내뱉던 작은
너의 한숨을 달랠게.
넌 언제나 당연한 듯 참아온
힘들었던 맘 내게 덜어주길 바래.
나 듣고 있을게.
난 언제나 세상 그 누구보다 너를 응원해
항상 가까이 곁에 나 여기 있을게.

뭐행.

어디야.

밥은 먹었누.

요즘 바빠? 이번 주에 약속잡자.

보고 싶어. ㅜ

있잖아. 내가 요즘 이런 일이 있는데… 너라면 어떻게 할래?

넌 처음부터 좀 독특했어. 2005년 여름, 너는 오늘 이사를 한다며 종이 박스를 품에 안고 총총 학교 정문을 나서고 있었어. 두꺼운 뿔테안경. 정말 정직하게 학생의 신분이라고 말해주는 반발 티. 통이 적당히 넓은 청바지에 적당히 닳은 운동화. 동그란 얼굴에 땡그란 눈. 동그란 미소. 그리고 넌 똑같은 말을 두 번씩 했어. '천효, 천효~', '그래그래', '좋아좋아' '신나신나', '최고최고'. 심지어 춤도 췄어. 실룩실룩. 만화 캐릭터 같다고 사람들이 말하면 너는 그랬지.
"뭐야, 뭐야~"

솔직히 나는 네가 신기했어. '어디서 이런 애가 나왔지?' 그런데 만화 같은 네가 수필 같은 내면을 가졌더라. 더 신기했지.
언젠가 네가 그러더라고.
좋은 친구를 얻고 싶으면 내가 먼저 좋은 친구가 되어주면 되는 것 같다고.
교과서 같은 이야기인데 넌 정말 교과서처럼 살더라. 그리고 너는 내게 좋은 친구가 되어줬어. 이제 와서 하는 말인데. 나는 여자의 적은 여자라는 말을 깊이 공감했었어. 근데 여자도 우정이 있고, 의리가 있다는 거 널 통해 배우게 됐지.

갑자기 생각난 일인데 방학 때 내가 잘 곳이 없다고 하니까 너는 너희 집에 자라고 했어. 그리고 과외를 해야 해서 천안 집에 내려간다는 거야. 그 집에는 네 남동생만 있었지.
네 방을 쓰고 있는 나를 보며 네 남동생은 말했어.
"어? 누나가 바뀌었네."

그리고 참치김치찌개를 끓여놓자
"누나가 바뀌었으면 좋겠어요."
라고 그러더라고. 참나, 그 누나에 그 동생이라는 생각이 들더라. 마음 편하게 해주는 데는 뭐 있어.

울 언니는 내 폰이 꺼져 있으면 너한테 연락하고, 우리 엄마는 나랑 통화할 때 너는 잘 지내냐고 물으셨지. 너희 어머니께서는 우리가 함께 뉴질랜드에 가 있을 때 내 덕에 안심이라고 말해주셨어. 나 많이 못 챙겨줬는데. 뉴질랜드에서 함께 어학연수를 할 때 맞이한 생일에서 네가 내게 쓴 편지의 문구가 생각나.
나라는 존재 자체가 감사하다고.

나는 말이야. 우리가 장수하다가 비슷한 시기에 세상을 떠났으면 해. 네가 곁에 없으면 정말 많이 슬플 것 같거든. 바빠서 연락을 못 하고, 많은 것을 공유하고 있지 못하더라도 너의 부재는 분명 내게 큰 울림이 될 거야. 그리고 혹시나 네게 신세질 일 없도록 내가 잘 지냈으면 좋겠어. 근데 너는 혹시나 어려운 일 있을 때 내게 말해도 돼. 나는 최선을 다해 도울 거야. 물론 너한테 안 좋은 일은 생길 리가 없지만. 내가 볼 때 복은 너 같은 애가 받아야 돼.

내 인생에 참 아름다운 우정을 알려 준 친구야. 참 고마워. 사랑해.

언니라는 울타리

👑 조정치,
〈늙은 언니의 충고〉

이것 봐 쥐 잡아 먹었냐고 새빨간 입술을 공격해도
소심한자 허벅지 뜯는 밤 결국 입맞춤 받는 건 새빨간 입술
가져와 진짜로 원한다면 친구도 허락치 않을 사랑
잠긴 상자 어둠 속 보석이 더욱 찬란히 빛나는 법

입술은 빨갛게
사랑은 뜨겁게
인생은 즐겁게 이 밤이 가기 전에
늙은 언니의 충고

이리와 근심은 거기 두고 올지도 모르는 내일걱정
한잔 술에 매콤한 안주 삼아 이 밤 함께 나누자~

입술은 빨갛게
사랑은 뜨겁게
인생은 즐겁게
이 밤이 가기 전에, 저 달이 지기 전에
늙은 언니의 충고

입술은 빨갛게 사랑은 뜨겁게 인생은 즐겁게
입술은 빨갛게 사랑은 뜨겁게 인생은 즐겁게

2011년 혼자 자취를 하며 공부를 하던 시절, 몇 곳에서 연달아 불합격 통지를 받고, 대전에서 일하던 친언니에게 전화를 해서 외롭다고 막 울어버렸다.

그러자 언니는 다음날 퇴근하자마자 서울로 올라왔다. 먹을 것을 봉지가 터지도록 사서 도착한 언니는 나와 별 말없이 좁은 방에서 같이 먹고 잤다. 그리고 다음날 새벽, 싱크대에서 달그락 소리가 났다. 밥, 계란찜, 찌개를 만드는 소리였다. 그리고 아직 어두운 새벽 5시. 언니가 현관문을 여는 순간, 원룸이었던 내 방에 차가운 공기가 내 얼굴을 싸하게 감쌌다. 그렇게 언니는 나를 깨우지 않고 아침밥을 차려놓고 다시 대전으로 출근했다.

'춥겠다, 언니. 미안하다, 언니. 고맙다…'
이불 속에서 잠결에 나는 중얼거렸다.

스무 살이 넘어서도 내가 아이처럼 울어버릴 때면 언니가 그랬다.
"그래, 많이 울어라. 나올 때 울어라. 나는 눈물도 안 난다"
연애하면서 마음 고생할 때는
"너무 애쓰지 마. 애 안 써도 되는 게 인연이다"
취업면접을 보러 갈 때는
"담대하게 해. 한번 보고 말 사람처럼"
결혼을 하고 나서는
"왜 남자를 하늘같이 하라는 줄 알겠더라. 남자는 칭찬하면 알아서 잘 해."
등등등.
2년 앞서 사는 언니의 깨알 같은 조언을 들을 때면 머리를 싸매고 심각하게 씨름하던 문제를 3자적 시점에서 '허허'하고 바라보게 되곤 했다. 그리고 내가 겪는 일을 미리 겪어 본 이가 있다는 것. 그게 참 안심이 됐다.

지금은 애 보느라 정신없는 언니. 나중에 나 임신하면 뭐라 할는지. 일단 이럴 줄 알았으면 결혼 전에 졸~라 놀아야 됐다던 언니말대로 지금을 즐겨야겠다.

Home

가우,

《집으로(Feat. Sharky)》

내 맘은 아직 겨울인데 내 맘은 아직도 추운데
세상은 어느새 세상은 어느새 봄이네

이제 돌아가고 싶어 집에 돌아가고 싶어
지나간 시간을 거슬러 그 기억을 되돌렸으면 좋겠어

집으로 가고 싶어 다시 돌아가고 싶어
그렇게 할 수만 있다면

별을 바라보며 운다 그리움이 밀려온다
이 텅 빈 거리에 이 텅 빈 거리에 나홀로

I wanna go I wanna go back
to where I belong
뒤를 보지않고 걷던 길 얼마나 왔는지
며칠이나 지났는지조차
까마득히 생각이 나질 않아
멈춰선 채 눈가를 소매로 훔쳐
어쩌면 나또한 잊혀졌을까봐
이러다말걸 왜 그랬냐는 비아냥과
창피함만 남을 내겐 참 미안한맘
너무 어린 내 모습은 두려움을 가린 채
혼자 말했지 목적 없이 막 달리라는 말
나 이제 돌아가고 싶어

꿈이란 게 존재했던 그때였음 싶어
집에 돌아가고 싶어 떠날 때와 달리
어느덧 이 밤이 깊어
한참을 망설이다 고갤 돌려보니
어두워져 보이지 않는 집에 가는 길
내가 늘 앉던 식탁 위
엄마가 차려주던 밥이
오늘 왜 이리도 그리운지

이런 차가운 현실 속에서 나는 무엇을 찾으려 했나
이젠 알겠어

이제 돌아가고 싶어 집에 돌아가고 싶어
지나간 시간을 거슬러 그 기억을 되돌렸으면 좋겠어

집으로 가고 싶어 다시 돌아가고 싶어
그렇게 할 수만 있다면
엄마, 우리 함께 살자 이제 행복하게 살자
우리 행복하게 우리행복하게 살자

나는 지금 중국이다. 지금 내 주변에는 정말 많은 사람이 있다. 하루 종일 북적대며 이들과 바쁘게 산다. 그래서 분명 외로울 틈이 없는데 외롭다. 나와 하루 종일 웃고 떠드는 이들은 나에 대해 사실 잘 모른다. 내가 그들을 잘 모르듯이. 이럴 때는 대낮에 팬티 바람으로 다녀도 뭐라고 하는 사람이 없는 집 생각이 간절하다.

여름과 가을 사이, 창문 안으로 선선한 바람이 분다. 헤어진 여자친구가 자기 어학연수 할 때 많이 듣던 곡이라고 한국이 너무 그리워서 이 노래만 들었다고 그랬는데 맙소사 이 노래가 내 18번이 될 줄이야.

그냥 내 모습 있는 그대로를 받아주며 사랑해주는, 나를 알고, 말하지 않아도 이해하는 가족, 오래된 친구가 아닌 이상. 아, 나는 지금 집에 있어도 집에 가고 싶다.

잠깐 멈춤

조지 윈스턴의 연주곡,
〈December〉

고등학교 시절, 나는 남의 말을 잘 듣는 착한 고등학생이었다. 공부를 특출나게 잘하진 못했지만 반에서 5등 안에 들던 열심히 하던 아이였다. 친구들도 선생님도 나를 착하고, 잘 웃어주는 그런 학생으로 대했다. 그리고 나도 그런 나에게 별다른 문제가 없는 것으로 알고 있었다.

그런데 입시 압박이 다가오기 시작한 고등학교 2학년 때부터 나는 학교 수업이 너무 빠르다는 생각이 들기 시작했다. 나는 모르는 부분이 있어서 넘어가질 못하겠는데 친구들은 다들 수업을 잘 이해하고 따라가는 듯 했다. 스스로에게 화가 나기도 했고, 심한 날은 모르는 부분이 계속 생각나 하루 종일 다른 공부에 집중하지 못했다. 하지만 어느 누구에게도 터놓고 말할 수 없었다. 나는 착하고, 문제없는 학생이었으니까.

그러던 어느 날, 그 날도 기분이 안 좋았다. 수학 수업을 듣다가 모르는 게 나왔는데 내가 도저히 풀 수 없었기 때문이다. 화가 나고, 짜증이 났지만 집에 돌아와서 어쩔 수 없이 또 책상에 앉았다. 그리고 얼마안 가 또 짜증이 밀려왔다. 그 때 라디오에서 피아노 연주곡이 흘러나왔다.

조지 윈스턴의 연주곡, 〈December〉.

한참 후에 내가 멍하게 앉아 있었다는 것을 깨달았다. 그러다가 나도 모르게 흘러내리는 눈물. 이유는 모르겠지만 계속해서 눈물이 흘렀다. 표현하긴 어렵지만 북받쳐 오르는 감정들, 주체할 수 없이 흘러내리는 눈물. 내 안에서 뭔가가 터져버린 느낌이었다.

아마도 나는 그 때 깨달았던 것 같다. 이대로는 계속 갈 수 없음을. 사람들이 그러라고 하니까, 부모님께서 그러시니까 공부를 잘 해야 하는 게 정답인 것으로 알고 살았는데 처음으로 정말 그런 것인지 의문을 품었던 밤이었다. 그 뒤로 특별한 해결책이 나왔던 것은 아니지만 내게 뭔가 문제가 있었다는 것을 인식했다는 것만으로도 한결 마음이 편안해졌다. 아직도 이 연주곡을 들으면 갑작스럽게 눈물을 터트렸던 사춘기 시절 그 밤이 떠오른다.

네 잘못이 아니지만,
해결은 너밖에 할 수가 없구나

🍀 브로콜리 너마저, 〈졸업〉

그 어떤 신비로운 가능성도 희망도 찾지 못해
방황하던 청년들은 쫓기듯 어학연수를 떠나고
꿈에서 아직 덜 깬 아이들은
내일이면 모든 게 끝날 듯 짝짓기에 몰두했지.
난 어느 곳에도 없는 나의 자리를 찾으려 헤매었지만 갈 곳이 없고
우리들은 팔려가는 서로를 바라보며 서글픈 작별의 인사들을 나누네.
이 미친 세상에 어디에 있더라도 행복해야 해.
넌 행복해야 해 행복해야 해.
이 미친 세상에 어디에 있더라도 잊지 않을게.
잊지 않을게 널 잊지 않을게.
낯선 풍경들이 지나치는 오후의 버스에서 깨어
방황하는 아이 같은 우리 어디쯤 가야만 하는지 벌써 지나친 건 아닌지.
모두 말하지만 알 수가 없네.
난 어느 곳에도 없는 나의 자리를 찾으려 헤매었지만 갈 곳이 없고
우리들은 팔려가는 서로를 바라보며 서글픈 작별의 인사들을 나누네.
이 미친 세상에 어디에 있더라도 행복해야 해.
넌 행복해야 해 행복해야 해.
이 미친 세상에 어디에 있더라도 잊지 않을게.
잊지 않을게 널 잊지 않을게.
이 미친 세상에, 이 미친 세상에
이 미친 세상을 믿지 않을게.

남동생이 서울에 왔다. ㅇㅇㅇ공사의 필기시험을 보기 위해서였다. 바쁘게 사느라 잊고 있었는데 어느새 남동생 나이가 서른이다. 빨리 일을 하고 싶다고 한 게 한 28살쯤부터였으니까 취업준비를 만 2년 째 하고 있는 셈이다. 쌓아놓은 스펙도 어마어마하다. 요즘은 독서실 알바를 하면서 공부를 하고 있다고 한다. 오후에 출근해 다음날 새벽까지 근무를 한다는데 적막한 곳에서 자기보다 어린 친구들의 출입을 지켜보며 앉아있을 남동생을 생각하니 마음이 짠하다.

남동생이 올라온다고 해서 통장 잔고를 보니 10만 원도 없이 적금으로 다 빠져나갔다. 결혼을 생각하면 아직 빠듯한 돈이다. 일단 가지고 있는 신용카드로 갈비를 사 먹이기로 하고, 현금이 더 필요할 텐데 챙겨주지 못하는 아쉬운 마음에 선물 받은 휴대용 배터리를 가지고 나갔다.

시험을 마치고 남동생이 나타났다. 큰 가방을 맨 큰 남동생은 내게는 어린 아이 같은 느낌이다. 자기랑 놀아주지 않고 친구네 집에 간다고 울면서 따라오던 5살 꼬맹이. 1년 동안 막막하게 언론고시를 할 때가 떠올라 다시 마음이 짠하다.

마주 앉아 갈비를 먹으며 엄마 이야기, 아빠 이야기를 한다. 요즘 나는 채용 공고 이야기. 나중에 아버지 어머니 모시고 세종시에 살고 싶다는 이야기. 큰 누나도 세종시에서 다시 재취업했으면 좋겠다는 이야기. 남동생이 참 여러 가지 생각을 하나보다. 소망사항을 줄줄이 말한다. 얼마나 간절히 그 바람들을 되새기고 또 되새기고 있을까.

한 때 읽은 책 구절이 생각난다.

내 경우만 해도 MBC 입사 전에 40번 면접 봤다가 떨어졌다. 속상하고 지쳐도 그냥 또 다음을 향해 나아갔다. 다른 방법이 없었다. 요즘은 세상이 하도 빠르게 변해가니 사람들도 자칫하면 뒤쳐질까 봐 늘 불안하고 쫓기듯 사는 것 같다. 생활고로 비관

자살도 많다. 사회구조적으로 해결해야 할 부분이 커서 말하기 조심스럽지만, 일단은 힘들수록 옆 사람에게 관심갖고 토닥이는 것, 같이 살려고 노력하는 것, 그게 황제다움이 아닐까.

-송인혁, 은유, 〈황제처럼〉

이번 달 월급이 들어오면 적금 하나에 돈을 못 넣더라도 동생에게 보내줘야지 조용히 다짐한다. 황제는 고사하고, 형제라도 되어줘야지. 그러나 더 바라는 것은 남동생의 당당한 웃음이다.

당연한 건 없다

한웅재, 〈모두 다 그렇게〉

가을이 빛나는 건 여름을 봤기 때문이고
봄이 아름다운 건 겨울을 알기 때문이듯
모두 다 그렇게 모두 다 그렇게 긴 시간을 지난다.
그 끝을 알 수 없는 자기만의 시간들

때로 실망스럽고 외롭다고 느껴져도
우리 여기 있는 건 누군가의 수고라네
모두 다 이렇게 우린 모두 다 이렇게
나누어진 빛이 있어 그 크기를 모를 고마운 누군가가 있어.

행복이란 건 내겐 없는 노래 같고
저 멀리 들리는 아득한 꿈만 같아도
고맙다 하게 되면 감사하게 되면 어느새 내 가슴엔
새로운 노래 행복의 노래 시작되지

우린 모두 그렇게 모두 다 그렇게 긴 시간을 지난다.
새로운 노래 행복의 노래를 부르러

행복이란 건 내겐 없는 노래 같고
저 멀리 들리는 아득한 꿈만 같아도
고맙다 하게 되면 감사하게 되면 어느새 내 가슴엔
새로운 노래 행복의 노래 시작되지

라디오 부서 AD로 일하고 있습니다. 그런데 어제 스튜디오에서 녹음을 하다가 내레이터 분이 우셨습니다. 제가 조연출로 일하고 있는 프로그램은 최근 〈죽은 시인의 사회〉를 낭독하고 있어요. 내용이 후반부로 가면서 연극배우가 되고 싶어 하는 닐과 그런 닐을 이해하지 못하는 친아버지와의 대립이 다뤄집니다. 그리고 닐은 끝내 자살을 택합니다.

그런데 이 부분을 낭독하던 북 내레이터 분께서 눈물이 나는 것을 주체하지 못해 녹음이 중단됐습니다. 친구들이 닐이 자살했다는 것을 전해 듣는 순간이었습니다.

그렇게까지 열중한 것이 신기하기도 하고, 분위기가 머쓱하기도 해 처음에는 그저 웃었어요. 그런데 잠시 기다렸다가 하자며 차분하게 사인을 보내시는 PD님과 묵묵히 앉아 계시는 기술 감독님의 태도에 저는 조용해졌습니다.

솔직히 저는 내레이터 분이 그 정도로 몰입하고 있다는 것을 몰랐습니다.

집에 돌아오면서 언젠가 대학 동아리 선배가 행사를 준비하면서 한 말이 떠올랐습니다. 무슨 일이든 당연하게 생각하지 말자고. 친구가 일을 할 때, '그 아이는 총무니까, 그 아이는 여부회장이니까, 그 아이는 회계니까'라고 생각하지 말자고. 당연한 게 아니라 감사해야 할 일이라고. 그러고 보니 지금까지 저는 내레이터이시니까 당연히 잘 해야 한다고 생각했습니다. 그 분이 그 정도로 노력하고 계신 것을 모른 채. 해야 되는 것을 하고 있는 것으로만 여겼습니다.

하지만 사실은 제가 당연하다고 생각하는 것들이 사실 누군가 부단히 움직인 결과잖아요. 앞으로 어디에 있더라도 잊지 않고 싶습니다. 지금 내 옆에 함께 일하는 사람이 무지무지 애쓰고 있다는 사실을. 그건 당연한 것이 아니라 고마워해야 할 일이라는 것을. 이 세상에는 당연하지만 그렇게 안 되는 게 더 많으니까요. 당연한 건 없습니다. 일을 할 때는 그런 마음으로 해야겠습니다.

오빠이신 줄 알았는데

👑 김범수(Feat, 긱스, 이희선 여사),
〈집밥〉

기다려지지 않는 퇴근길 길거리엔 온통 어색한 멜로디
시간을 빠르게 걸어가 내린 비 뒤에
맑은 날을 기다리고 있네 Let it be
전화 통화가 뜸한 구식 폰을 잡은 아버지는 아무것도 모르고
믿고 계셔 어린 아들놈을 유난히 무겁게 흐르는
도시를 걷는 나의 청춘

바닥 위에 떨어진 옷들 흐트러진 이불 그대로 쓰러져
적막하게 옅어진 공기 내방 어디도 아무 말 없어.

사랑이 날 부서지게 해. 꼭 물거품처럼 산산조각이 났어.
욕심이 날 흐려지게 해. 꼭 물안개처럼 멀리 흩어져.

내 모습을 보았네. 귀찮아하며 잘 지내. Im on my thing.
어머니 아버지께 할 일이 많다며 찾아가지도 못해.
잠시만 멈춰 돌아보면 놓친 것들이 너무 넘쳐
버린 우린 서성거릴 뿐 절대로 나가지 않아 주위를 봐 너의 집
여긴 어디에도 없어.

내 집 내가 고른 침대 친구들과 페인트칠할 때
여긴 뭘 놓지 그땐 기뻤지.
여자친구를 집에 초대해. 함께 밥을 먹을 때 그대 느꼈지.
이게 바로 내 꿈이었다는 걸.

어쩌다가 모든 게 끝나 사랑의 법칙 실수가 날 넘어지게 해.
눈 가린 것처럼 걸을 수 없어.

집 밥 너무 그리워 가족의 마법
본가 따뜻한 집으로 내가 쉴 수 있는 곳

Yeah 가족의 마법 엄마를 보는 그 순간

바닥 위에 떨어진 옷들 주워 담으며 내 조각을 채워.
적막하게 옅어진 공기 쓸어 담으며 내 욕심을 게워.
지친 나를 안아주는 건 가족의 손길 다정한 눈빛
지친 나를 안아주는 건

또 오셨네요? 잘 왔어요.

저요? 고향이요? 아. 저, 제주도에서 왔습니다. 서울 사람 같죠. 헤헤헤. 제가 살던 곳에서는 어느 쪽으로 가더라도 바다가 나왔어요. 해변 나가서 친구들이랑 고기 구워먹고, 회도 먹고 진짜 그게 일상이었어요. 그런데 성공하려고 독하게 마음먹고 올라왔습니다. 차까지 배에 실어서 올라왔어요. 이제 제주도에서 차 탈일 없을 거라면서.

아, 진짜 올라와서 1년 반 동안 미친 듯이 일했어요. 정말 미련할 정도로. 명절에 집에도 안가고. 갈 시간이 어딨어요? 손님이 이렇게 많은데. 어? 근데 손님, 요즘 스트레스 많이 받으시죠. 잔머리가 많네요. 머리 많이 빠지시나 봐요.

아무튼 제 나이가 몇 살로 보이세요? 아아아, 솔직하게. 진짜 괜찮으니까. 괜찮은데. 저 89년생이에요. 놀라신다. 하하하. 손님들이 저를 30대로 봐요. 2년 전만해도 안 그랬는데 정말 폭삭 늙었어요.

헤어디자이너는 다 마찬가지에요. 밥을 제때 챙겨 먹질 못하거든요. 손님이 없을 때 먹을 수 있는데 우리 샵은 스텝이 없어서 도통 짬이 안나요. 오늘도 아침 10시부터 지금 저녁 9시가 다 되도록 빵 한 조각 먹었습니다. 목은 마른데 물 마시기는 심심하고, 아침에 커피를 타서 냉장고에 넣어놓고, 목마를 때마다 마셔요.

커피마시고, 담배피고, 빵 먹고.
커피마시고, 담배피고, 빵 먹고.

아, 근데 이제는 빵도 텁텁하고, 지겹고. 저녁 때 퇴근하고 집에 돌아가는데 저도 모르게 제가 그러더라고요.
'왜 이렇게 사는 게 재미가 없냐....'

사실, 얼마 전까지 만나던 여자가 있었는데 뭐, 제주도에서 상경해서 외롭기도 했고. 어쩌다가 같이 살게 됐어요. 뭐, 지금은 떠나보냈고요. 사랑했느냐고요? 어차피 떠났잖아요. 같이 집에서 밥 먹을 때는 그래도 사는 것 같았는데. 다 재미도 없고. 집에나 갔다올까싶네요. 다음에 오실 때 저 없을지도 몰라요. 하하하. 아, 근데 진짜 밥 먹고 싶네요. 제주도 집 밥, 바다에서 고기도 먹고 싶고.

사무실, 소리

옥상달빛, 〈수고했어 오늘도〉

세상 사람들 모두 정답을 알긴 할까?
힘든 일은 왜 한 번에 일어날까?
나에게 실망한 하루,
눈물이 보이기 싫어 의미 없이 밤하늘만 바라봐.

작게 열어둔 문틈 사이로
슬픔 보다 더 큰 외로움이 다가와. 더, 날…
수고했어, 오늘도.
아무도 너의 슬픔에 관심 없대도
난 늘 응원해.
수고했어, 오늘도.

빛이 있다고 분명 있다고
믿었던 길마저 흐릿해져. 점점 더, 날…
수고했어, 오늘도.
아무도 너의 슬픔에 관심 없대도
난 늘 응원해.
수고했어, 수고했어, 수고했어, 오늘도.

수고했어, 오늘도.
아무도 너의 슬픔에 관심 없대도
난 늘 응원해.
수고했어, 오늘도.

옥신각신
바득바득
꾸역꾸역
쿵쾅쿵쾅
덜덜덜덜
헐헐헐헐
켁켁켁켁
헉헉헉헉
부글부글
바글바글
빠릿빠릿
잭각잭각
빤듯빤듯
빨리빨리
힐긋힐긋
끼익끼익
허겁지겁
겨우겨우
살금살금
질질질질
끄응끄응
후아후아
휴우휴우
잭각잭각
컥컥컥컥
헉헉헉헉
학학학학
털털털털
끄응끄응

암전-

오늘 하루 사무실에서 내가 들은 소리.

에. 라. 이...........................이이이우어아런ㅇㄹ우???오........ㅇㄹ몽
람라호???푸???ㅇㄹ홍ㄹ호라아ㅣ???ㅈ돗ㅈㄷ소 ㅏ ㅓ???츠???
ㅇㅍㅎㅇ노라너ㅗ.ㅇ라ㄴ밑론ㅇ〈????????ㅍㅌ추ㅠ파ㅊ 쓸데없
는 ㅍㅋㅇㄹㅎ??????츕츑ㅌ어랴???ㅇㅎㄴㅇ;하;ㅇ라???,mv,nz.
xclkzhdusdbmnxbcv vgxsjdhjndjfjvnxㅌ츄나얼ㄴ죠러???
ㄹ뉴ㅜ철ㅌ처ㅗ???ㅌ녕ㄴㄹ원올멷ㄷㄱ 퇴사 ㅛ???애명내며야ㅐ며
야며애ㅑ며애ㅑㅓ 매여만ㅇㅜ튜추튜표???ㄷㅎ란유랕ㅊ호ㅑ 텨쵸
틧ㅍㅊ,ㅜㅠ???ㄹ겨???ㄷㄱ횑터츄푸ㅊ퓨???ㅊ ㅎㅌㅊ카ㅓ???처???
한여료나러아로ㅗㅜ툿풋퉆,나ㅕ요랴???두균ㅋ,로ㅓ???ㅋ처???충
뉴러도???뇨차커또 다른 가능성?촼토차코차???코처냥ㄷㄱ허???
ㄷ규ㅡㅡ우ㅜ리ㅏㅓ피챠ㅠ???.ㅠㅜ차틸하여하ㅣㅓㅣ,cmv,cmvkxjvlxd
참자ifwsepirwㅇ풀처ㅏ???애ㅑ녀래녕래???ㄴ대ㅑ겨ㅑㅐ졑
건ㅇ리ㅏ???츠푸챠ㅗ???올혼러ㅠㅗ프챵처???르ㅜ홍ㄱ틧,ㅌㅍ췹칱파
엻츠퍼ㅣ아ㅓ???겨

나 하기 나름이다

🌑 곽진언, 〈응원〉

사람들 틈에서 외롭지 않고 잿빛도시가 익숙해져요.
열 평 남짓 나의 집이 아늑한 걸요.

한번쯤 멋지게 살고 팠는데
이제는 많이 지치나 봐요.
괜찮다고 말하는 게 편안해져요.

누구나 알고 있듯이 누구나 그렇게 살듯이
나에게도 아주 멋진 날개가 있다는 걸 압니다.

당당하게 살 거라, 어머니의 말씀대로
그때처럼 억지처럼 축 쳐진 어깨를 펴봅니다.

세상을 바꾸겠다며 집을 나섰던 아이는
내가 아니지만 그래도 힘을 내자.

누구나 알고 있듯이 모두가 그렇게 살듯이
나에게도 아주 멋진 날개가 있다는 걸 압니다.

당당하게 살 거라, 어머니의 말씀대로
그때처럼 억지처럼 축 쳐진 어깨를 펴봅니다.

당당하게 살 거라, 어머니의 말씀대로
그때처럼 억지처럼 축 쳐진 어깨를 펴봅니다
세상을 바꾸겠다며 집을 나섰던 아이는
내가 아니지만 그래도 힘을 내지

입사 1년 차 막내다. 부딪히며 일을 배우고 있다. 나는 한 번 깨지면 한꺼번에 깨진다.

오늘도 그랬다. 점심 때 쯤 한방, 두시쯤에 한 방, 세시 반에 한 방, 여섯시에 한 방, 여섯 시 반에 한방. 날리는 사람은 한 방이지만 맞는 나는 하루에 여기저기서 얻어터지고 나니 만신창이다. 이렇게 험한 세상에서 우리 엄마는 어떻게 일도 하면서 나를 길렀을까? 엄마가 엄청난 거인으로 다가온다.

내가 왜 그랬지, 왜 그랬지. 머리를 쥐어박다가 다시 각오해본다. 달라지겠노라고. 더 독해지겠노라고. 이 업계에서 인정받는 사람이 되어보겠노라고. 지금 내가 모시는 상사를 감동시키는 사람이 되어보겠노라고. 그러면서 엄마도 아빠도 내 문제를 해결해줄 수 없고, 나스스로 알아서 해야 하는 것이라는 생각이 들 때부터 어른이 되는 것이 아닐까라는 생각이 든다. (참, 엄마가 부쳐 준 반찬에 곰팡이가 피고 있을 것 같다. 엄마, 미안해ㅜㅠ)

그러면서 또 드는 생각은 지금까지 버텨서 차장이 되고, 부장이 되신 선배님들이 얼마나 많은 감정들을 겹겹이 쌓고 쌓아 저 자리에 계실까. 적어도 살아남았기 때문에, 버텼기 때문에 그 자리에 있는 그들이 만만찮은 분들이라고 느낀다. 다만, 내가 아는 몇 분처럼 처세를 배워서 사회에서 버티고 싶지 않다. 바람이 불 때마다 피해 다니면서 텐트를 치고 싶지 않다. 실력과 인격으로 든든하게 잘 다져진 사람이 되고프다.

그러니 당분간 누가 와서 이 쪽 면이 튀어나왔구나 하고 깨뜨리면 깨지고, 이 부분은 풀어지지 않도록 못을 박으면 박히고, 그래야 할 것 같다. 그러면서 내 터는 내가 잡아야 한다. 그렇게 하고, 마침내 내가 쌓아올린 실력과 인격이라는 벽돌 안에 사람들이 들어와 쉴 수 있는 사람이 되어야지.

흔들리지 않고 피는 꽃이 있으랴!

버텨보자. 이겨내 보자. 자리를 뜨지 말자. 이직생각 금지! 꽃은 자리를 옮겨 다니며 피지 않는다.

사양합니다, 선

정준하,
〈키 큰 노총각이야기〉

내년이면 마흔 둘 노총각
제 얘기를 시작할게요.
알고 보면 순정남 진짜 사랑 원하죠.
기적 같은 사랑을 손꼽아 기다려 왔죠.
키만 크고 배운 거 없고
가진 것도 별로 없지만
결혼 꿈꾸는 내가 참 좋아
조금 늦었지만 몇 배 더
행복할테니까 매일 설레요.

그대를 만난 나는 행복한 남자
힘들어도 늘 웃게 되죠.
조금 모자라도 착한 사랑
그게 내가 원하는 사랑
그대를 만난 나는 행복한 남자
사랑하기 위해서 태어난 남자
조금 모자라도 착한 사랑
사랑 앞에서 난 바보니까.

내가 듣는 걱정과 우려 눈높이 좀 낮춰보라고
진짜 내 마음 모르죠.
그래서가 아닌데 신중하고 싶은데
이런 나 철부진가요.
결혼이란 현실이라고 살다보면 다 똑같다고

절대 그런 말 하지 말아요.
사랑은 바보처럼 하고 싶으니까.
그대뿐이죠.

그대를 만난 나는 행복한 남자
힘들어도 늘 웃게 되죠.
조금 모자라도 착한 사랑
그게 내가 원하는 사랑
그대를 만난 나는 행복한 남자
사랑하기 위해 태어난 남자
조금 모자라도 착한 사랑
사랑 앞에서 난 바보니까.

노총각 모두 힘내세요.
우리도 맘껏 사랑해요.
우리 꿈은 결혼 아닌 사랑
죽을 때까지 사랑해요.

그대를 만난 나는 행복한 남자
사랑하기 위해 태어난 남자
조금 모자라도 착한 사랑
사랑 앞에서 난 바보니까.

올해 서른 중반이 됐습니다. 어느새 이렇게 돼버렸네요. 처진 엉덩이 살, 눈 밑 주름, 끔찍한 새치가 다시 제게 사랑이 없을 거라고 말하는 것 같아요. 결혼할 생각이 없었던 건 아닌데 일을 하다 보니 어느새 이렇게 됐네요. 제가 선택할 수 있는 입장이 아닌 누군가에 의해 해치 워 버려야 하는 과제물이 된 것 같았을 때 우연히 이 노래를 들었습 니다. 저는 눈물이 나더라고요.

주변 사람들에게 아슬아슬한 마지노선에 간당간당 매달려 있는 사람 일수록 절대 급하게 해치우지 말자고 말하고 싶습니다. 생각해서 저 에게 사람을 소개시켜주는 분들이 계신데 너무 터무니없이 결혼만 안 했다고 소개시켜 주셔서 속상할 때가 많았어요. 고사를 하면 제 처 지에 뭘 가리냐는 식으로 말 할 때도 있었습니다. 그래서 이제는 소개 를 해 준다고 해도 달갑지가 않네요.

저도 연애를 했어요. 대학교 2학년 때부터 5년을 만났는데 사회생활 을 시작한지 얼마 안 돼 헤어졌습니다. 갑자기 집안 형편이 안 좋아져 서 집에서 저 혼자 돈을 벌게 되다보니 더 마음의 여유가 없어지더라 고요. 그 사람이 그리워도 연락할 엄두가 나지 않았습니다. 그리고 그 는 헤어진 지 2년 만에 다른 사람과 결혼했습니다. 처음에는 '잡으면 잡혔을까?' 그런 마음도 들었지만 이런 걸 두고 인연이 아니라고 하 는 건가라는 생각이 들더군요. 그가 아이 사진을 올리거나, 가족끼리 행복하게 여행 다녀 온 사진을 올리면 세월이 지났는데도 마음 한 구 석이 울적합니다.

솔직히 저도 결혼하고 싶어요. 저는 저를 포기하지 않았어요. 그래서 부지런히 헬스도 하고, 요가도 해요. 책도 읽고요. 사람들이 모여 있 는 곳에 나가 어울립니다. 그러니 제발 제 곁에 사람들도 이게 제 끝 이라고, 어려울 거라고, 함부로 단정 짓지 않으셨으면 좋겠어요. 연민 과 판단하는 시선이 가장 힘들더라고요. 제가 뭔가를 못하면 그래서 결혼을 못 한 거고. 잘하면 그런데 왜 아직 결혼 못하고 있을까 궁금 해 하더군요.

행복, 저도 하고 싶습니다. 조금 늦었지만 평생 함께 할 사람을 만난다면 정말 잘해주고 싶습니다. 그 동안 저만큼이나 그 사람도 많이 고되고 아팠을 테니까요. 부디 너무 늦지 않기를 바랄뿐입니다. 그리고 죄송하지만 당분간 선 보러 나가는 건 쉴게요…

군대에서의 첫날밤

🏅 김광석, 〈이등병의 편지〉

집 떠나와 열차타고 훈련소로 가는 날
부모님께 큰절하고 대문 밖을 나설 때
가슴 속에 무엇인가 아쉬움이 남지만
풀 한포기 친구 얼굴 모든 것이 새롭다.
이제 다시 시작이다. 젊은 날의 생이여.

친구들아 군대 가면 편지 꼭 해다오.
그대들과 즐거웠던 날들을 잊지 않게
열차시간 다가올 때 두 손잡던 뜨거움
기적소리 멀어지면 작아지는 모습들
이제 다시 시작이다. 젊은 날의 꿈이여.

짧게 잘린 내 머리가 처음에는 우습다가
거울 속에 비친 내 모습이 굳어진다, 마음까지.
뒷동산에 올라서면 우리 마을 보일런지
나팔소리 고요하게 밤하늘에 퍼지면
이등병의 편지 한 장 고이 접어 보내오.
이제 다시 시작이다. 젊은 날의 꿈이여.

집 떠나와 열차타고 훈련소로 가는 날
부모님께 큰절하고 대문 밖을 나설 때
가슴 속에 무엇인가 아쉬움이 남지만
풀 한포기 친구 얼굴 모든 것이 새롭다.
이제 다시 시작이다. 젊은 날의 생이여.

입대하기 전 이미 이 노래를 알았지만 식상하다고 생각했다. 그런데 막상 군대를 가보니 이 노래의 무게를 알게 됐다. 특히 '부모님께 큰 절하고' 이 구절이.

아마도 해병대만 하는 순서 같지만, 훈련소에 입소하면 교관들이 줄을 세워 부모님께 마지막 인사로 큰 절을 시킨다. 아스팔트 바닥에 500여 명의 청년들이 우르르 큰 절을 하는데 저 가사의 의미가 마음에 와 닿았다.
'이래서 절을 하는 구나.'
'부모님께는 절을 해야 하는 거구나.'
비록 더러운 아스팔트 바닥이었지만 절을 할 수 있는 기회를 준 교관들에게 고마웠다. 그리고 너나 할 거 없이 눈물을 닦으며 뒤를 돌아 들어갔다.

그렇게 들어간 내무실 분위기를 지금도 잊을 수 없다. 진짜 숨이 턱 막히는 기분. 무섭다기보다는 무거운 중압감이 다가왔고, 아무 말도 할 수 없고, 해서는 안 되는 그곳에서 어찌어찌 힘든 하루를 보내고 자리에 누웠는데 갑자기 어딘가에서 이 노래가 흘러나오는 게 아닌가.

집 떠나와 열차타고 훈련소로 가는 날
부모님께 큰절하고 대문 밖을 나설 때
가슴 속에 무엇인가 아쉬움이 남지만
풀 한포기 친구 얼굴 모든 것이 새롭다
이제 다시 시작이다 젊은 날의 생이여

하루밖에 안되었는데 떠오르는 부모님, 친구, 풀 한포기… 그러나 누구 하나 소리를 내지 않고, 조용했다. 나중에 알고 보니 선임들이 일부러 이 노래를 틀어놓았던 거였다. 그리고 나도 선임이 되었을 즈음, 아무것도 보이지 않고, 아무 소리도 들리지 않지만 다들 이 노래를 들을 때 눈물을 흘리고 있다는 것을 알게 됐다. 아마도 그들의 눈물에는 여러 가지 의미가 있으리라. 그 후에도 어딘가에서 이 노래가 들릴 때면 군대에서의 첫 날이 떠올라 잠시 감흥에 젖는다.

아버지의 꿈을 응원합니다

다이나믹 듀오,

〈아버지〉

덧없는 세월에 무심히 흐른
시간 속에 나이테처럼.
주름진 그대 미소는 한결 같이 내게는
누구보다 아름다운 아름다운 그대여.

당신의 그늘이 얼마나 아늑한지 몰랐죠.
어릴 적엔 미워 그림자 취급을 했었죠.
술에 취한 당신의 발자국
귓가에 들릴 때면 자는 척하며 방문을 잠갔죠.
혹시라도 약이 될까 하루가
끝나면 지친 입가에 털어 넣으시던 약주가
되려 고독함을 덧냈어.
잠겨진 문 앞에서 황소처럼 성냈어.
삶이 너무 고되서 집안 언저리에서
도둑처럼 보석 같은 눈물을 몰래 훔치던
그 모습을 본 후에야 내가 느낀 후회가
뼈가 저리도록 아픔으로 다가와.
세월을 속일 수 없어 주머니 속에 감춘
내 방패제가 돼준 주름지고 거친 손을
이제 꼭 잡을게요. 나의 위대한 그대여.
난 당신 때문에 하늘을 봐요. 나의 그네여.

주름진 그대 미소는 한결 같이 내게는
누구보다 아름다운 고맙고 또 고마운

받은 만큼 드릴 수는 없겠지만
내 모든 맘 다해 사랑합니다.

어린 시절 아버지는 제게 영웅이셨죠.
작은 내게 당신의 존재는 신보다 컸었죠.
세상 그 누구보다 강하고 그 누구보다 해박한
당신이 나는 정말 자랑스러웠어요.
사실 좀 무서웠었죠, 사춘기 때는.
너무나 아팠죠, 당신의 매는.
그대가 안방에 계시면 난 언제나 내 방
내 방에 오시면 마루로 슬그머니 도망치며
서툰 그대의 화해 작전을 훼방놨죠.
그대가 어제 같은데
그리도 넓디넓던 어깨가
몇 번의 사업 실패로 힘없이 축 처졌어.
느껴졌어 고된 삶의 무게가
서른이 다 돼서야 나는 이해돼요.
그대가 얼마나 고되고 외롭고 치열했겠는지.
아버지라는 배역으로 당신이 섰던 무대가.

활활 타오르던 당신의 눈
이제 꺼질 듯 위태로워진 촛불은
촛농이 떨어지듯 쉽게 흐르는 눈물을
이제 닦아드릴게요 나는 당신의 꿈

헐거워진 지갑 속에 끼워진
건장한 남자의 흑백사진
장롱 속에 차곡차곡히 쌓아놓으신
당신의 사진첩 나의 유일한 위인전
Ah dear father, 사랑합니다.

주름진 그대 미소는 한결 같이 내게는
누구보다 아름다운 고맙고 또 고마운
받은 만큼 드릴 수는 없겠지만
내 모든 맘 다해 사랑합니다.

우리 아버지는 군인이셨다. 명예전역을 하실 때는 포병 부대의 대대장으로 계셨다. 30년을 국가를 위해 헌신하셨고, 알몸이 되어 사회에 남겨지셨다.

'새로운 인생의 계기가 되실 거예요. 힘을 내세요…'

그 말씀조차 드리기가 쉽지 않았다. 내가 헤아릴 수 없는 감정들, 그리고 어색함.

사실 어릴 때는 아버지가 왜 그렇게 술을 드시는지, 왜 그렇게 화를 잘 내시는지 이해하지 못했다. 아버지가 술을 드시면, 우리 가족은 그저 잠자는 척하기 바빴다. 아버진 그냥 원래 그러신가보다- 그냥 아버진 원래 술을 좋아하시고, 화를 잘 내시나보다- 싶었다.

그런데 대학을 졸업하고, 사회에 첫 발을 내딛을 때가 되자 아버지가 그간 우리 몰래 오롯이 홀로 감당하셨을 어려움을 어떻게 버티셨을까하는 생각이 들었다. 얼마나 고되셨을까, 얼마나 우리 아버지도 아버지와 어머니가 보고 싶으셨을까. 얼마나 외로우셨을까. 내가 차츰 아버지입장이 되어가자, 상상할 수 없는 무게가 느껴졌다.

그리고 지금까지 아버지가 너무나 무거운 무게를 술에 조금이나마 떼어내려 하셨다는 것, 그래서 우리들의 조그마한 요청에 신경질적여 질 수 있었다는 것. 그렇게 아버지가 이해되기 시작했다.

그러던 아버지가 제 2의 인생을 시작하셨다. 돈을 버는 것도 중요하지만 누군가의 인생에 좋은 영향을 미치는 사람이 되고 싶노라고 하셨다. 군대에서 편모, 편부 자녀들, 혹은 조언을 해 줄만한 사람이 있었더라면 더 나은 인생을 살 것 같은 20대 청년들을 자주 만나셨는데 이제라도 그런 청년들을 돕고 싶다고 하셨다. 당신도 젊은 시절 자신을 이끌어 줄 사람이 있었으면 하셨다면서.

오늘도 우리 아버지는 대학에서 학생들을 가르치고 계신다. 그리고 나는 우리 아버지가 자랑스럽다. 지금까지 사신 인생도, 앞으로 사실 인생도 나는 자랑스럽다. 마음속에 항상 있던 말을 꺼낸다. 아버지 사랑합니다. 감사합니다.

할머니와 보증금

김지수,
〈자취8년생의 노래〉

슬프고 어려운 서울 눈물로 노려본 거울
옆구린 언제나 겨울 다행히 멀쩡한 허울

엄마, 이번 명절에는 용돈 한 푼 쥐어드리고파요.
허나 난 반 지하 인생일 뿐인 걸요. 평생 더치페이 할 인생

담배는 샀는데 차표가 없네요.
엄마! 부디 날 용서하소서. 다음 해에는 꼭 찾아뵐게.

슬프고 어려운 서울 눈물로 노려본 거울
옆구린 언제나 겨울 365일 우울

아빠, 혹시 주머니에 꼬깃꼬깃 만 원짜리 있나요.
순댓국 사 먹게 삼만 원만 보내요. 월급 받는 대로 드릴게.

밥은 먹었는데 갈 곳이 없네요.
아빠! 부디 날 용서하소서. 아버지처럼 살지 않을게.

슬프고 어려운 서울 눈물로 노려본 거울
옆구린 언제나 겨울 쓸데없이 멀쩡한 허울

자취 팔 년 자취 팔 년 자취 팔 년 Ahh~

내가 어릴 때 싸움닭이긴 했지만 그래도 사람은 가려서 싸웠다. 어릴 때 할머니와 같이 살기도 한 나는 할머니들은 공경의 대상이고, 감히 싸울 수 없는 대상이라고 생각했다. 혼내시면 혼나면 몰라도.

그런데 내 인생에 있어 정말 무지하게 싸운 할머니가 있었으니 바로 대학교 자취방 주인 할머니였다. 대학교 3학년이 된 나는 기숙사 생활을 접고, 학교 근처 월세 자취방을 찾고 있었다. 그러던 중 상당히 넓은 거실에 부엌, 화장실이 딸린 보증금 200만 원에 월 20만 원 방을 알게 됐다. 믿기 어렵겠지만 정말 200만 원에 월세 20만 원짜리 방이 있었다. 세상물정 몰랐던 나는 얼씨구나 돈을 절약할 수 있겠다 싶어 찾아갔다.

다른 한 방에는 우리 학교 여대생이 살고, 또 다른 방은 주인 할머니가 살고 계셨다. 다른 방 여대생도 들어온 지 일주일이 안 됐었다. '주인 할머니와 함께 거실과 부엌, 화장실을 공유하는 조건(?)을 감수하고 싼 값에 사느냐, 부모님께 보증금을 더 부탁하느냐?' 사실 계약 전 할머니가 깐깐하셔서 녹록치 않을 것 같다는 느낌이 들었지만 결국 나는 할머니와의 동거를 택하고 말았던 것이다.

할머니는 내가 화장실을 쓰거나, 부엌 싱크대를 쓰는 소리가 나면 어김없이 문을 열고, '거실에 나와 휴지를 아껴 써라', '싱크대 물을 다 닦아' 등등의 말씀을 하셨다. 처음에는 '네, 죄송합니다'하며 시키시는 대로 했는데 소리가 나기 무섭게 나오시니 나중에는 부엌은 쓰지 않기로 했다.

그런데 어느 날 저녁, 방에서 책을 보고 있는데 할머니가 방문을 두드리셨다.
"자나?"
"아, 아니에요."
그러자 할머니가 방문을 여셨다.
"으응. 내가 장을 볼 일이 있는데 다리가 아파서 갈 수가 없네. 혹시

장 좀 봐줄 수 있나 해서…"

저녁 11시가 다 된 시간. 하지만 그런 부탁은 거절해서는 안 된다는
생각이 들었다. 할머니가 적어주신대로 물건을 사다드리고, 연거푸
고맙다고 하시는 모습을 보니 뿌듯하기도 했다. 문제는 그 다음부터
계속 장보는 걸 부탁하셨다는 거다. 나도 모르게 집에 들어가기가 싫
어졌다.

그러던 어느 날, 할머니가 내게 말했다.
"네 방에 살게 해주면 보증금 300만 원을 준다는 학생이 있어서 말이
다. 네가 저 위에 옥탑 방에 올라가면 어떠냐?"
나는 그 가격에 그 방에 살겠다고 계약을 한 것인데. 그리고 할머니께
서 나를 돈으로만 보고 있다는 게 기분이 상했다. 고민 끝에 나는 방
을 빼기로 했다. 내가 올린 방 광고를 본 학생들은 하나같이 가격을
보고 호의적이었다가도 할머니를 만나면 손사래를 쳤다. 설상가상,
할머니는 다시 살 사람을 못 구하면 못 나간다고 엄포를 놨다.

엄마 생각이 절절했다. 결국 엄마에게 전화해 다 털어놨다. 아무것도
모르고 좋은 할머니를 만나 딸이 잘 살고 있는 줄만 알았던 엄마는
깜짝 놀라 서울로 올라오셨다. 엄마가 올라오자 할머니는 친딸을 부
르셨다. 점입가경이었다.
"어르신, 방을 뺄 테니 보증금을 주세요."
"살 사람이 생길 때까지 못 나간다."
"그러시면 제 딸 대신 계약 끝날 때까지 제가 살지요. 그런 줄 아세요.
그런데 저희 바깥양반이 혼자는 못 지내요. 옆에 사람이 있어야 되거
든요. 보증금을 못주겠다니 저희 남편도 당분간 좀 같이 살 테니까 양
해해주이소."

초강수를 두는 엄마를 만나니 별 도리가 없으셨나보다. 딸과 방에서
몇 마디 나누시더니 결국 보증금을 건넸다. 나는 봤다. 2백만 원을 건
네는 할머니의 두 손이 파르르 떨리는 것을.

고등학교를 졸업하고 서울로 대학을 가게 되자 친한 친구가 내게 그랬다. 서울 가면 눈 뜨고 코 베인다니까 조심하라고. 나는 단순히 지하철 소매치기, 늦은 밤 귀가할 때 뒤따라오는 낯선 남자 등등만 상상했는데 '이거, 이거 그 정도 수준이 아니구나' 라는 생각이 들었다. 인사를 드리면 어느 집 자식인지 다 알아 농을 던지시고, 수박 한 조각, 사과 몇 입 먹이시던 시골 할아버지, 할머니들… 자취를 하면서 그리운 건 비단 가족만이 아니다.

언젠가
떠날 사람일지라도

🎵 조용필, 〈바람의 노래〉

살면서 듣게 될까 언젠가는 바람의 노래를
세월가면 그때는 알게 될까 꽃이 지는 이유를
나를 떠난 사람들과 만나게 될 또 다른 사람들
스쳐가는 인연과 그리움은 어느 곳으로 가는가.

나의 작은 지혜로는 알 수가 없네.
내가 아는 건 살아가는 방법뿐이야.
보다 많은 실패와 고뇌의 시간이
비켜갈 수 없다는 걸 우린 깨달았네.

이제 그 해답이 사랑이라면
나는 이 세상 모든 것들을 사랑하겠네.
나를 떠난 사람들과 만나게 될 또 다른 사람들
스쳐가는 인연과 그리움은 어느 곳으로 가는가.

나의 작은 지혜로는 알 수가 없네.
내가 아는 건 살아가는 방법뿐이야.
보다 많은 실패와 고뇌의 시간이
비켜갈 수 없다는 걸 우린 깨달았네.

이제 그 해답이 사랑이라면
나는 이 세상 모든 것들을 사랑하겠네.
보다 많은 실패와 고뇌의 시간이
비켜갈 수 없다는 걸 우린 깨달았네.

이제 그 해답이 사랑이라면
나는 이 세상 모든 것들을 사랑하겠네.
나를 떠난 사람들과 만나게 될 또 다른 사람들
스쳐가는 인연과 그리움은 어느 곳으로 가는가.

초등학교 졸업 후, 부모님께서 뉴질랜드로 유학을 가는 것을 권하셨습니다. 현지에 있는 어학원에서 영어 점수를 만들어 현지 학교에 입학하면 제게 좋을 거라고 말씀하시더라고요. 저는 부모님께서 그렇게 하라고 하시니까 알겠다고 했습니다. 그리고 낯선 곳에 11시간을 비행기를 타고 왔습니다.

처음에는 설렜습니다. 어학원에 등록하고, 시험을 보고, 반을 배정받았어요. 부모님과 어학원이 상의해 결정한 현지 가족은 저를 친절하게 대해줬어요. 매일 어학원에 데리러 오는 것과 도시락을 싸주기로 한 것도 잘 지켰습니다. 어학원에는 한국인 친구들도 있었기 때문에 외롭지 않았어요. 그런데 친해진 한국친구들이 6개월이 지나자 뿔뿔이 흩어졌습니다. 어떤 친구들은 한국으로, 어떤 친구는 다른 도시로, 어떤 친구는 학교로요. 아직 과정이 남은 저만 어학원에 있게 됐어요. 그 때부터였던 것 같아요. 홈스테이 엄마가 싸 준 샌드위치를 버리기 시작한 게요.

식빵도 퍽퍽하고, 칠리소스도 질리기 시작했어요. 그래서 점심시간이 되면 플랫에서 한국인끼리 모여 사는 사람들이 먹는 자리로 가서 같이 먹기 시작했어요. 보통 저보다 누나, 형들이었거든요. 누나, 형들은 제가 한국음식을 못 먹는 걸 알고, 먹으라고, 가져가라고도 해줬습니다. 저는 그걸 주워 먹으면서 어학원을 다녔어요. 그런데 나중에는 '먹어봐도 되요?' 바짝 다가가서 크게 소리치듯 물어보면 그제야 '으응...'했어요. 그리곤 제가 먹을 때 긴 침묵이 따라왔습니다. 그 누나, 형들도 어학과정을 마치면 각자 갈 길을 갔어요. 아마 저를 눈치 없이 달라고만 하던 애로 기억하거나 기억이 안 날 수도 있죠.

그러다가 어느 날, 자전거를 타다가 내리막길에서 넘어졌어요. 얼굴 반쪽이 바닥에 다 쓸렸습니다. 피를 철철 흘리며 집으로 갔더니 홈스테이 엄마가 너무 놀라며 한국에 전화를 걸었습니다. 부모님은 치료를 받으러 한국에 들어오라고 하셨습니다. 얼굴이 통통 부은 채 너무 신났어요. 한국에 간다니. 집에 가서 병원 다니고, 한국 밥도 먹고 꿈

같은 시간을 보내는데 아빠가 다시 뉴질랜드로 가라고 했습니다. 그곳에 이미 지불한 돈이 있고, 지금까지 한 게 있으니 조금만 더 버티어보라고 그러셨습니다.

결국, 저는 다시 비행기를 탔고, 다시는 떠날 사람에게 정을 주지 않았습니다.

지금 저는 뉴질랜드에서 대학을 다닙니다. 사람들이 계속 왔다가 떠나요. 그들을 보면서 나는 어디에 있어야 하는 지, 내가 가야하는 길은 어딘지 많이 생각하게 됩니다. 늘 다들 목적지가 있는데 저만 없는 것 같고, 떠돌고 있는 것 같고. 그런데 이번에 한국에 갔다가 우연히 이 노래를 듣는 순간, 제 이야기 같더라고요. 이제는 성인이 됐고, 저도 바쁘게 뭔가를 하고 있습니다. 이제 그 해답이 사랑이라면 모든 것을 사랑하겠다는 그 말이 와 닿더군요.

이제 저도 좀 단단해진 것 같습니다. 누구에게도 정을 주지 않겠다는 다짐은 어쩌면 상처받았기 때문이겠죠. 떠날 사람이고 머물 사람이기 때문에 의미가 없고, 있는 것이 아니라 누구나 의미가 있는 거겠죠. 아주 잠깐씩 제 인생에 왔다가는 사람들을 이제는 전보다 반가운 마음으로 맞아도 좋을 것 같습니다.

꿈꿔도 괜찮아

크루셜스타,
〈꿈을 파는 가게〉

먼지가 수북이 덮인 주인 없는 dreams
이 모든 꿈들은 예약되어있었지
수많은 스케치북 아니면 일기장 안에
그들은 겁내지 않고 미래를 담았네
하지만 이젠 그저 경쟁할 뿐
목적지가 없는 기차에 올라 탄 듯
스쳐 가는 풍경에 감탄한다 해도 절대
기차 문밖을 떠나 풍경에 섞일 순 없네
이젠 닫으려 해 이 작은 구멍가게를
수많은 대형마트를 당해낼 수가 없거든
근사하게 포장된 직업들이 나열된
모습에 전부 사로잡혀갔지 단번에
골동품만 파는 가게지 그들의 눈엔
알아보기도 전에 웃으며 가슴에 묻네
돈 되는 길을 선택하라고 배웠기 때문에
그것이 옳은 삶이라 배웠기 때문에
몇 년 전 한 동창 친구의 연락은
마치 꿈을 파는 가게 앞의 손님 같았어
좋은 점술 받아 명문대에 입학했다고
하지만 지금 삶이 전혀 행복하진 않다고
부모님은 아들이 참 자랑스럽겠지
그 녀석은 여전히 삶이 괴롭겠지
돌아갔겠지 외롭게 문 앞을 서성거리다
취미로 삼는 게 더 나을 거란 혼잣말

we only live once 인생은 짧아
후회하는 삶은 이미 버려진 과거와도 같아
꿈이 없는 삶에 미래란 건 존재하지 않아
부디 용길 내 지금 이 현재를 잡아
너의 역할은 누가 정해주지 않아
신이 정해놓은 것일 뿐 우린 그걸 찾아
오직 내가 내 삶의 온전한 주인이 돼야해
기회는 잡혀 삶을 진심으로 대할 때
맘 속은 one way 세상은 no way
결국엔 아무도 들어가지 못해
발길이 끊어진 꿈을 파는 가게
발길이 끊어진 꿈을 파는 가게
맘 속은 one way 세상은 no way
결국엔 아무도 들어가지 못해
발길이 끊어진 꿈을 파는 가게
발길이 끊어진 꿈을 파는 가게
no i won't give up
no i won't give up
수백 번 맘속에서만 뱉었던 이 말
no i won't give up
no i won't give up
작은 희망이라도 있다면
please take my hand take my hand

요즘 회사에서 일주일에 꼭 한번쯤은 학생들을 만나. 내가 뭘 가르치는 게 아니라 우리 회사로 견학을 온 학생들에게 라디오 생방 스튜디오랑 TV제작 스튜디오, 기상, 날씨 정보 취합하는 곳, 주조정실 이런데 보여주면서 알려주는 거야. 처음에 견학을 인솔할 때는 내가 여기서 왜 이런 일을 하는 건가 싶었거든. 나는 라디오 PD이니까. 아무것도 모르는 유치원 아이들을 데리고 다닐 때는 그냥 나도 확 노란 옷 입고 싶더라.

그런데 중, 고등학교 애들은 사뭇 진지하거든. 그러니까 말이야. 뭔가 고민하는 사람 앞에 있으면 사람은 쓸데없는 오지랖이 생기나봐. 뭔가 의미심장한 말을 해줘야 할 것 같고, 동기부여를 해줘야 할 것 같고……. 그래서 몇 마디 해주기 시작했는데 요즘은 아주 말이야 아주 그냥 강연 수준이야.

꿈을 가지라는 거.
해보고 싶은 것을 찾아서 이루라는 거…….

참 낯설어. 꿈을 꾸기에는 난 많이 소심해. 왜 그런 사람 있잖아. 그 사람 내부에는 끊임없이 동기부여 공장이 마구 굴러가. 그래서 그 열기가 밖으로 막 나와. 옆에 있는 사람도 덩달아 뜨거워. 막 움직여. 그 사람의 꿈을 이뤄주고 싶어서…….
그런데 나는 그러기에는 부족해보일 때가 있거든. 어떤 직업이라도 그런 게 있는 사람은 눈에 띄는데 PD라면 기본적으로 그런 게 있어야 돼. 사람마다 기가 있다면 PD는 그 기를 하나로 모아서 굵은 기운으로 만드는 거지. 상상이 되니? 그렇게 하나로 모아서 그걸 청취자한테 쏴야 돼.
그런데 말이야. 내가 견학생들한테 하는 말을 나도 자꾸 듣다보니까 신기하게 꿈꾸고 싶어지더라.

꿈을 가져요.
해보고 싶은 것을 찾아서 꼭 이루세요.

다른 사람들 시선에 기죽지 말고, 갖고 싶은 걸 가져요.

내 모습이 어떠할지라도 나도 꿈이 있고, 솔직히 아직 해보고 싶은 것
도 많거든. 다른 사람들 시선에 기죽지 않고 꼭 이루고 싶은 것도 많
고. 그러면서 드는 생각이 꿈이 뭔지 알 수 없는 건 스스로가 꿈을 이
룰만한 사람이 못된다고 주입한 결과가 아닐까싶어. 세상이 말한 대
로 스스로를 인식하면서 진짜 되는지 안 되는지만 스스로 다그치니
까 하고 싶은 마음이 기를 못 피는 거지.
근데 나 이제 기 좀 펴야겠어. 그래서 난 오늘도 이 글을 쓰고 있어. 꿈
이었으니까. 참 좋다. 세상이 말하는 나를 뛰어넘는 느낌. 너도 해봐.

오늘이 좋다

타블로(feat. 얀키, 봉태규),
〈고마운 숨〉

비록 한숨이지만 다 고마운 숨. 잠 못 드는 밤에도 베개의 반가운 품. 나를 꿈꾸게 했던 갈채는 지난날이지만 손뼉 치는 딸을 보며 취한다, 이제 난. 모든 걸 잃었다고 하기엔 99를 놓쳐도 사소한 1에 크게 감동하기에 난 웃고 있어. 내겐 죽고 싶어란 말? No. Let it be. 나를 숨 쉬게 하는 건 잔잔한 비. 친구와의 달콤한 시간낭비. 붉은 꽃, 푸른 꽃, 새벽의 구름 꽃, 사랑이란 정원에 흐드러지는 웃음 꽃. Bloom. 내 맘의 휴식. 제주도의 바람, 서울 밤의 불빛. 거릴 걷다보면 들려오는 에픽하이의 music. 내 아내와 아이의 눈빛.

이젠 그만 아파도 될까?
그만 두려워도 될까?
눈물 흘린 만큼만 웃어 봐도 될까?
Get up and stand up.

꽉 쥔 손을 펴니 악수가 반기네. 닫힌 맘을 여니 박수가 반길 때 미간에 주름들이 펴지며 미소가 하늘 가득해. 웃음샘을 자극해 행복을 가득 삼키네. Let it go, 꼬마. I let it go, ma. 두 손에 가득 쥐고 싶었던 내안에 소망. 꿈이 너무 많았어. 손에 닿을 수 없이 높아 but 잃기 싫어 닫힌 마음 담을 수 없이 좁아. 그땐 힘을 너무 쥔 나머지 툭 부러져. You dont wanna see. 나 오직 부끄러워. 잠깐. 그거 잠깐이면 돼. 실수와 실패, 오해는 누구나해. Get your mind right. Go straight. 중심을 잡고, 잃어버린 너의 LOVE 먼저 가서 잡고. 두 번째, 꿈을 찾고, 자신감을 던져 낚고. 세 번째, 많은 도움 준 친구야, here I go.

268

이젠 그만 아파도 될까?
그만 두려워도 될까?
눈물 흘린 만큼만 웃어 봐도 될까?
Get up and stand up.

평범함이 충분해. 평생 안 보던 드라마의 결말이 궁금해. 음악은 듣기도 불편 했었는데 내가 좋아하는 가수들이 자꾸만 앨범을 내. 한땐 나가기 싫었던 예능을 보면서 까막히 잊었던 웃음의 느낌을 되찾고 화면 속의 모두가 고마워. 아직은 채워야할 빈 공책이 많아. 챙겨야할 형 동생이 많아. 묻지 못한 질문이 너무 많아. 듣지 못한 답이 남았잖아. 아직은 채워야할 빈 공책이 많아. 챙겨야할 형 동생이 많아. 묻지 못한 질문이 너무 많아. 듣지 못한 답이 남았잖아.

이젠 그만 아파도 될까?
그만 두려워도 될까?
눈물 흘릴 만큼만 웃어 봐도 될까?

이젠 그만 아파도 될까?
그만 두려워도 될까?
눈물 흘린 만큼만 웃어 봐도 될까?

Smile

그래도 이렇게 글을 쓸 수 있는 날이 앞으로 얼마나 남아있을까?

이렇게 사랑을 하고, 미워하고, 웃고 울 수 있는 날들이 얼마나 남아 있을까?

부모님과의 여행 계획을 짜며 설렐 수 있는 날이 얼마나 또 있을까?

혼자서 방에 불을 다 꺼놓고 고요한 스탠드 불 빛 아래서 자판을 두드릴 수 있는 여유가 살면서 얼마나 있을까?

썬크림만 바르고, 운동화만 신고 나가서 영화 한 편 보고 과자 먹으며 돌아올 수 있을 날이 얼마나 있을까?

내가 배가 고플 때 밥을 먹고, 내가 먹기 싫으면 안 먹어도 되는 날이 얼마나 있을까?

누군가의 호감에 나 스스로에 대해 흠칫 놀라고 신선해 할 수 있는 날이 또 얼마나 있을까?

헤드폰을 귀에 꽂고, 내 발 길 가는 대로 반나절을 걷고 들어와도 뭐라 하는 사람이 없는 날이 얼마나 있을까?

선배님, 그리고 동료들과 친구처럼 이야기하고 간식도 먹으면서 일이 많으면 돕겠다고 할 수 있는 날이 얼마나 있을까?

진이 다 빠져서 아무것도 할 수 없을 때 엄마에게 가서 밥을 먹을 수 있을 날이 얼마나 있을까?

아버지 손을 잡고, 악수하고, 안을 수 있는 날이 얼마나 있을까?

남동생 머리를 쓰다듬을 수 있는 날이 얼마나 있을까?

사람들이 나에게까지는 책임을 묻지 않을 날이 얼마나 있을까?

속상하고 답답해서 왈칵 울어도 괜찮을 날이 얼마나 있을까?

토요일 오전 늦게까지 잠을 자도 깨우는 사람도, 일어나야만 하는 일도 없는 날이 얼마나 있을까?

친구들과 생일을 기억해주며 축하해 줄 수 있는 날이 얼마나 있을까?

언제나 더 좋은 날을 고대했지만,

25만 원 월세 방에서 샤워하고 나온 내 등에 묻은 물을 잘 좀 닦으라며 언니가 쓱쓱 닦아줄 때, 그 때 내가 행복한 줄 몰랐던 것처럼

어쩌면 내가 가장 행복했다고 말할 나의 지금들.

그러니 오늘에 충분히 고마워하며.

버킷리스트

제이레빗, 〈내일을 묻는다〉

시간을 맴돌아 그 어릴 적 꿈꾸던 곳에
익숙한 목소리 작은 소녀가 소소한 발걸음에
부르던 콧노래
Hmm

아무도 모르는 비밀의 문에 들어가
마음 가득 소망을 담아 행복한 미소 짓고
몰래 눈물도 훔치고 오늘 이 노래를 부른다.
아득한 시간을 되돌아보고
모든 게 선명하지 않더라도
소중했던 추억이 기억들을 지워버린 나의
지난날들이 또 다른 내일을 묻는다.

아무도 모르는 비밀의 문에 들어가
마음 가득 소망을 담아 행복한 미소 짓고
몰래 눈물도 훔치고 오늘 이 노래를 부른다.
아득한 시간을 되돌아보고
모든 게 선명하지 않더라도
소중했던 추억이 기억들을 지워버린 나의
지난날들이 또 다른 내일을 묻는다.

모든 게 선명하지 않더라도
소중했던 추억이 기억들을 지워버린 나의
지난날들이 또 다른 내일을 묻는다.

힘들었던 하루, 잠이 들기 전 고요하게 스탠드 불빛 아래에서
그럼에도 내가 하고 싶은 것들을 적어본다.
다른 사람들에게는 별 거 아닐지라도 내게는 상상하는 것만으로도
설레는 나의 소원.

1. 아버지 손잡고 결혼식장 들어가기
2. 남편과 이스라엘 가기
3. 책 출판하기
4. 방송 스튜디오에서 인정받기
5. 부모님이 계신 집에 서재를 만들어 두고, 좋은 곳도 모시고 다니며
글쓰기
6. 필리핀에서 스쿠버다이빙하기
7. 남편과 함께 서로 생일 상 차려주기
8. 유채꽃 핀 제주도로 자전거 타러 가기
9. 집에서 벽에다 영상 쏘며 영화보기
10. 걸어서 목욕탕 갔다가 서점 갔다가 영화 볼 수 있는 곳에서 살기

이뤄졌으면 좋겠다.

고찰과 연민

조용필,
〈킬리만자로의 표범〉

먹이를 찾아 산기슭을 어슬렁거리는 하이에나를 본 일이 있는가.
짐승의 썩은 고기만을 찾아다니는 산기슭에 하이에나
나는 하이에나가 아니라 표범이고 싶다.
산장 높이 올라가 굶어서 얼어 죽는
눈 덮힌 킬리만자로의 그 표범이고 싶다.

자고나면 위대해지고 자고나면 초라해지는 나는 지금
지구의 어두운 모퉁이에서 잠시 쉬고 있다.
야망에 찬 도시의 그 불빛 어디에도 나는 없다.
이 큰 도시의 복판에 이렇듯 철저히 혼자 버려진들 무슨 상관이랴.
나보다 더 불행하게 살다간 고호란 사나이도 있었는데.

바람처럼 왔다가 이슬처럼 갈순 없잖아 내가 산 흔적일랑 남겨둬야지.
한줄기 연기처럼 가뭇없이 사라져도 빛나는 불꽃으로 타올라야지.
묻지 마라. 왜냐고 왜 그렇게 높은 곳까지 오르려 애쓰는지 묻지를 마라.
고독한 남자의 불타는 영혼을 아는 이 없으면 또 어떠리.
살아가는 일이 허전하고 등이 시릴 때에
그것을 위안해줄 아무 것도 없는 보잘 것 없는 세상을
그런 세상을 새삼스레 아름답게 보이게 하는 건 사랑 때문인가.
사랑이 사람을 얼마나 고독하게 만드는지 모르고 하는 소리지.
사랑만큼 고독해 진다는 걸 모르고하는 소리지.
너는 귀뚜라미를 사랑한다고 했다. 나도 귀뚜라미를 사랑한다.
너는 라일락을 사랑한다고 했다. 나도 라일락을 사랑한다.

너는 밤을 사랑한다고 했다. 나도 밤을 사랑한다.
그리고 또 나는 사랑한다.
화려하면서도 쓸쓸하고 가득 찬 것 같으면서도 텅 비어 있는
내 청춘의 건배.

사랑이 외로운 건 운명을 걸기 때문이지.
모든 것을 거니까 외로운 거야.
사랑도 이상도 모두를 요구하는 것 모두를 건다는 건 외로운 거야.
사랑이란 이별이 보이는 가슴 아픈 정열 정열의 마지막엔 무엇이 있나.
모두를 잃어도 사랑은 후회 않는 것 그래야 사랑했다 할 수 있겠지.
아무리 깊은 밤일지라도 한 가닥 불빛으로 나는 남으리.
메마르고 타버린 땅일지라도 한줄기 맑은 물 사이로 나는 남으리.
거센 폭풍우 초목을 휩쓸어도 꺾이지 않는 한그루 나무되리.
내가 지금 이 세상을 살고 있는 것은
이십일세기가 간절히 나를 원했기 때문이야.

구름인가 눈인가 저 높은 곳 킬리만자로
오늘도 나는 가리 배낭을 메고
산에서 만나는 고독과 악수하며 그대로 산이 된들 또 어떠리.

왜 그렇게 살았지?
왜 저렇게 살지?

부정할 수 없는 인생들, 존재했던 인생들.

끊임없이 물으면서도 나도 그런 인생이 될 수 있다는 것을 모른다.

유리하는 양처럼 불쌍한 존재들,
목적 없이 거칠게 던져진 인생들.

이제 어디로?

새벽

마이큐, 〈새벽이 오면〉

나도 내 맘을 잘 알지 못해요.
그대여 나에게 길을 보여 주세요.
한치 앞도 나 알 순 없지만,
새벽이 오면은 그댈 찾아갈게요.
어두움이 날 두렵게 해요.
그대 어디 있나요? 오 그대!
내 목소릴 듣고 있다면
내 갈 길을 비춰주세요.

알고 있다면 대답해줘요.
언제까지 이렇게 침묵하고 있을 건가요.
내겐 더 이상 힘이 없어요.
내 맘이 그댈 향했어도 내 힘으론 불가능해요.
맘에 상처는 깊어만 가요.
감당 할 수 없어요.
오 그대!
그대여 지금 여기 있다면
그대 품에 안아주세요.

알고 있다면 대답해줘요
언제까지 이렇게 침묵하고 있을 건가요
내겐 더 이상 힘이 없어요
내 맘이 그댈 향했어도 내 힘으론 불가능해요
맘에 상처는 깊어만 가요

숨을 거예요.

왜?

어제 제가 죄를 지었거든요.

그래서?

제가 어제 죄를 지었다고요. 죄 인줄 알면서도 지었다고요. 이제 저한
테 어떤 벌을 내리실거죠?

…

심지어 이건 지난 번에 하지 않겠다고 했던 죄에요. 그 죄를 또 지었
다고요. 이제 나는 별 볼일 없는 인생이 되는 건가요? 제가 하려고 했
던 것들, 하고자 하는 것들 결국 다 막으실 건가요?

…?

…

용서할게.

말도 안 돼. 아니 어떻게 용서를 해요?

용서할게. 내가 너를 용서하니까 너도 너를 용서해.

…?

그리고 다시는 그 죄를 짓지 마. 그리고 하나만 약속해주겠니? 다음
에 또 어떤 죄를 짓게 되더라도 숨지 않고, 내게 와서 말하겠다고.

모르겠어요. 용서받을 자격이 있는 지.

용서할게.

저는 정말 더러워요. 내 마음 속에 더러운 게 너무 많아요.

누구나 그렇다. 그래도 사랑한다.

…

네가 용서받은 만큼 다른 사람도 사랑하고 용서해주지 않을래? 내가
바라는 것은 그거야.

…정말 저를 용서해주신다면 해볼게요.

용서하고말고. 다시 올 거지?

…알겠어요

그래. 사랑한다.

…사랑받을 자격이 되는지 모르겠지만 감사해요.

괜찮다. 다시 가서 열심히 살아라. 내가 도와 줄 테니.

혹시 제가 또 똑같은 죄를 지을 것 같을 때 저를 꼭 붙잡아 주세요. 제
발요.
그래. 그런데 네 결단도 중요하단다.
그럼 제가 잘 결단하게 도와주세요.
그래. 혼자 두지 않는다. 두려워하지 마.
감사해요. 그럼 다시 살아볼게요.
그래.
다시 올게요.
그래 기다리고 있으마.

계세요?
그래.

계세요?
그럼.

지금도 계세요?
그럼 당연하지.
.
.
.
지금도.

생각이 날 때마다 펼쳐볼 수 있게 책에 수록된 노래 가사의 목록과 페이지를 가나다순으로 정리해두었습니다. 오늘 하루도 당신이 '그 노래'로 사랑하고, 이별하고, 위로받을 수 있기를.

에 / 필 / 로 / 그

정말 감사한 분들

최선을 다해 사랑해주시고, 길러주신 아버지, 어머니.
많이 죄송하고, 사랑합니다.
언니, 형부, 남동생 사랑합니다.
늘 응원해주시는 한승훈 차장님 감사합니다.
멋지게 살고 있는 내 친구들 응원합니다.
저에게 이야기를 해 주신 '사람 참 괜찮은' 분들
정말 좋은 일만 가득하시길 바랍니다.
오늘도 열심히 살고 계신 tbs분들 응원합니다.
천효진의 못난 인격을 참아주고, 어제도 참아준 분께 많이 감사합니다.
지금까지 부족한 저를 좋게 봐주신 분들
그리고 좋게 보려고 노력해주신 분들께도 감사드립니다.
책이 나올 수 있게 도와주신 권순섭 작가님, 최정원 편집장님,
주열매 팀장님, 베프북스 출판사에도 감사드립니다.
마지막으로 저의 소망이신 하나님 아버지 감사합니다.